AF399326

Dein Paradies wächst

Julia von Rein-Hrubesch

Vollständige Taschenbuchausgabe Juli 2018
© 2017 Julia von Rein-Hrubesch
Umschlaggestaltung: Esther Wagner
Lektorat: Magret Kindermann
Buchsatz: Magret Kindermann

TWENTYSIX – der Self-Publishing-Verlag
Eine Kooperation zwischen der Verlagsgruppe
Random House und BoD – Books on Demand

Herstellung und Verlag:
BoD – Books on Demand, Norderstedt

ISBN 9783740745929

In den Haaren steckte ein ganzes Jahr. Am Ansatz waren sie nicht sehr hell, in den Längen noch dunkler. Der Ansatz der Frühling, die Längen der Winter. Aber ganz unten in den hellen Spitzen, da steckte der Sommer drin. Vermutlich bedeutete der Sommer für sie Eis und Wasser und Jungs. Hm, da müsste ich noch mal überlegen. Bestimmt war sie zu jung für Jungs. Nicht zu jung, um sich für sie zu interessieren, nicht zu jung, um sie zu realisieren, um wahrzunehmen, dass es sie gab. Wohl aber zu jung, um das Wort *ernsthaft* ins Spiel zu bringen. Zu jung, als dass die schmalen Finger eines Jungen eine ihrer Haarsträhnen gezwirbelt haben könnte.

»Nicht zu viel«, sagte sie zu dem dürren Mädchen, das hinter ihr stand. Sie saß auf einem dieser großen Stühle mit breiten Armstützen, unter ihren Po hatte das Mädchen ein viereckiges Kissen geschoben. Sie war sicher klein für ihr Alter, denn ihre Gestik und Mimik passten nicht zu ihrer Körpergröße.

Zahlen könnten egal sein. Doch für mich sind sie es nicht. Denn das ist mein Spiel. In jedem Spiel sind Zahlen von Bedeutung. Ich schätzte sie auf zwölf Jahre.

»Nur die Spitzen«, sagte sie und zeigte auf den weizenblonden Sommer in ihren Haaren. Sie rutschte ein wenig auf dem Stuhl hin und her, um es bequem zu haben. Vielleicht war sie doch erst elf.

Das dürre Mädchen fuhr ihr durch die Haare, und ich sah den Neid in ihr. Neid ist wie ein schwarzer Schlitz. Ihn zu sehen, ist immer wieder faszinierend. Die Friseuse war nicht von Neid zerfressen. Sie erinnerte sich lediglich an etwas. Als sie die honigfarbenen Haare am Ansatz betrachtete, leuchtete etwas in ihr. Sie hätte auch gern diesen Honig. Doch sie gönnte es der Kleinen.

Die beiden passten zueinander. Sie waren nicht gesprächig. *Sie* betrachtete sich im Spiegel und ihre Hände, die sie in den Schoss gelegt hatte. Das dürre Mädchen bewegte sich von ihr fort und wieder zu ihr hin, sie sammelte Dinge zusammen, dabei ging es doch nur darum, die Haare zu kürzen.

Sie trug Schwarz, so wie alle Menschen in diesem Salon, die eine Schere in der Hand hielten. Alles schwarz. Man könnte meinen, sie wollten mir schmeicheln.

Als die ersten Haare zu Boden fielen, blickte *sie* noch immer in ihren Schoß, und das Mädchen schnitt und schwieg. Sie sagten beide nichts; *sie*, weil sie nicht wollte, und die Friseuse, weil sie es wohl cool fand.

Als sie, der ich hierher gefolgt war, aufsah, sah ich die Angst in ihr. Und das wunderte mich. Es ist mein Spiel und ich halte mich an die Regeln. Nicht, dass ich sie festgelegt hätte, doch ich halte mich an sie. Sie stehen in einer festen Reihenfolge. Immer.

Fast immer.

Heute war es anders gewesen. Ich hatte innegehalten, als ich sie gesehen hatte. Und nun wunderte ich mich. Sonst ist es umgekehrt. Nun ja. Vielleicht bedeutete es, dass ich gleich wusste, dass sie es war, als ich sie das erste Mal sah. Vielleicht bedeutete es auch gar nichts. Ich war in dem Einkaufszentrum an der Scheibe des Friseursalons vorbeigeschlendert, hinter der ich sie entdeckt hatte. Sie mit den abgewetzten Turnschuhen und den ausgewaschenen Jeans. Zuerst hatte ich daran gedacht, dass sie zu dünne Kleidung für einen launischen Apriltag wie diesen trug. Doch in Wahrheit hatte das Spiel schon begonnen. Sie war auf den Stuhl geklettert und ich war an der Scheibe stehengeblieben.

Ich war in dem Einkaufszentrum umhergeschlendert, als wäre ich einer von den anderen. Als würde ich einkaufen gehen. Im Grunde genommen war es ja auch so. Und wenn es so war, dann war ich einer von denen, die mit vollen Tüten nach Hause zurückkehrten, obwohl sie gar nichts hatten kaufen wollen. Ich wollte nur bummeln, die Auslagen betrachten.

Ja, ich war einer von denen gewesen. Nur dass meine Tüten keine waren. Die Auslagen waren keine Auslagen. Es waren keine Dinge. Meine Auslagen sind die Menschen.

Die Tüte, die ich heute trug, wog schwerer als alle anderen. Ich trug sie noch nicht, ich hielt sie in den Händen und schaukelte sie ein wenig, als wollte ich das Gewicht abschätzen. Der Griff schnitt in meine Hand und infizierte mich mit dem, was in ihr steckte.

Und das Spiel begann.

Sie ging zur Kasse und zog etwas aus der hinteren Tasche ihrer Jeans, das aussah wie ein flachgedrückter Ball aus Stoff mit einem Maul. Das Maul war der Reißverschluss. Sie zog einen Schein daraus, legte ihn auf die Theke, schenkte dem dürren Mädchen ein Lächeln und drehte sich um. Das war der Moment, in dem ich ihr Gesicht sah, das erste Mal sah ich es richtig. Und ich hätte schwören können, dass sie mich ansah, sie blickte mich direkt durch die Scheibe des Friseursalons an. Natürlich war das Unsinn, doch das war es, was ich dachte. Es fühlte sich so an.

Sie verließ den Salon mit gekürzten Haaren und ich folgte ihr.

Oben Honig, unten Weizen, in der Mitte eine Farbe, die man vielleicht benennen konnte, wenn man ihr näherkam. Und ich würde ich ihr näherkommen. Oh ja.

Sie hielt sich nicht damit auf, das Einkaufszentrum näher zu erkunden. Vielleicht hatte sie es vorher getan, vor ihrem Besuch in dem Salon. Doch da sie nichts bei sich trug als den kleinen Stoffball mit metallenen Zähnen, ging ich davon aus, dass es nicht ihre Absicht gewesen war. Vielleicht machte sie sich nichts aus Dingen.

Dann sah ich eine Bewegung und etwas in ihr, das mich diesen Gedanken verwerfen ließ. Ich blieb an dem Schaufenster stehen, in das sie gesehen hatte, mit einem glühenden Verlangen in sich. Doch es waren zu viele Dinge, um ihr Begehren zu filtern. Ein Surfbrett, aufgestellt wie ein Mahnmal zwischen aufgeschüttetem Sand, Bikinis, Flip-Flops, Taucherbrillen, Schnorchel und Stoffbeutel.

Ich drehte den Kopf und sah sie verschwinden. Sie war schnell, doch niemand war so schnell wie ich. Ich durfte sie nur nicht aus den Augen verlieren. Wieder wunderte ich mich.

Ich spüre die Menschen auf. Wenn sie mir verloren gehen, spüre ich sie auf. Dass ich nun darauf achtete, sie nicht aus den Augen zu verlieren, gab mir zu denken. Doch nicht auf eine besorgniserregende Art. Es war eher eine Zutat, die ich in den Beutel schüttete, in dem die Würfel für das Spiel verstaut waren. Eine würzige Zutat, oh ja. Sie hatte lange nicht mehr so gekribbelt, die Vorfreude auf ein Spiel. Vielleicht noch nie.

Sie blickte zur Rolltreppe und ich tat es ihr nach. Das, was in ihr leuchtete, war zu kurz, um es zu benennen. Wahrscheinlich war es nur der kindliche Wunsch nach Spaß gewesen.

Wir verließen das Einkaufszentrum, sie zuerst und ich einige Meter hinter ihr. Sie bog ab. Als ich an die Bushaltestellen dachte, die in entgegengesetzter Richtung lagen, sah ich mir ihre abgelaufenen Schuhe an und machte mich auf einen Marsch gefasst. Hier gab es nicht viel, was man zu Fuß erreichen und dabei von einem kleinen Spaziergang sprechen konnte. Der Weg führte über die Hauptstraße in einen Park und weiter zum Wasser. Erst dachte ich, sie würde abgeholt werden, vielleicht von ihrer Mutter. Doch dann betrachtete ich die dünnen Sohlen der Sneakers und die Jeans, die kurz über ihren Knöcheln endete und verwarf den Gedanken an die Mutter. Das konnte hilfreich sein, was meine Absichten betraf, meist war es das. Mütter sind etwas Nerviges in meinem Spiel. Sie sind bedrohlicher als Väter, weil sie offenbar mehr Macht haben.

Doch heute war ich mir nicht sicher. Ich würde abwarten müssen. Es wurde ein langer Marsch. Sie lief in einem einheitlichen Tempo, das frisch geschnittene Haar wippte auf den Schultern. Sie war schmal, und als sie an der Fußgängerampel stehenblieb, dachte ich, dass die Ampel und ihr Körper denselben Umfang hatten. Ich blieb etwas weiter hinten stehen.

So setzten wir unseren Weg fort. Sie lief, ich lief, sie blieb stehen, ich blieb stehen.

Durch den Park ging sie nicht, nur an ihm vorbei. Sie hielt den Kopf geradeaus gerichtet, warf keinen Blick zur Seite, keinen einzigen. Ich ordnete diese Beobachtungen zu meinen anderen.

Das Wasser erreichten wir am späten Nachmittag, eine gute Stunde waren wir unterwegs gewesen. Sie setzte sich an das Ufer, und zwar nicht oben auf der Promenade, sondern unten hin, wo es kalt und windig war. Sie setzte sich in den feuchten Sand und umschlang die Knie.

Ich blieb oben stehen und betrachtete sie. Dann betrachtete ich das Wasser, weil sie es auch tat. Und weil ich nichts in ihr sehen konnte, dachte ich, das Wasser würde es tun. Doch es schwieg, genau wie sie.

Ich wartete. Es dämmerte. Sie zog die Schultern hoch und stand auf. Ich sah ihr hinterher, als sie die Treppen nach oben stieg und sich von mir entfernte.

Ich folgte ihr nicht. Noch durfte ich nicht sehen, wohin sie ging.

Ich hatte in sie geblickt und genug gesehen, um sie ausfindig zu machen. So war es immer gewesen.

Nur heute war ich mir nicht so sicher.

Ich blickte ihr nach, eine schmale Silhouette in der untergehenden Sonne. Und in dieser Nacht schickte ich ihr den ersten Traum.

***

Erst am übernächsten Tag sah ich sie wieder. Tatsächlich keimte für einen Augenblick die Sorge in mir, ich hätte sie verloren. Das war seltsam, in zweierlei Hinsicht. Die erste war natürlich, dass es noch nie vorgekommen war, dass ich einen Menschen verloren hatte. Die zweite betraf das, was dieser Gedanke mit mir anstellte. Nicht, dass ich es benennen konnte, dafür war ich weder geschaffen noch zuständig. Doch das änderte nichts an der Tatsache, dass es so war. Ich lernte es als meinen Stachel kennen. Und dann verwarf ich das und nannte es nur *den* Stachel. Es gibt nichts, was zu mir gehört oder meines ist. Zumindest nicht im allgemeinen Sinn. Was den anderen Sinn angeht, gehört alles mir. Natürlich.

Der Stachel hatte mich dazu gebracht, an den örtlichen Schulen herumzulungern und zu warten. Zu lauern. Ich hätte auch versuchen können, sie aufzuspüren, doch so machte es mehr Spaß. Abgesehen von der Angst in mir, ich könnte sie nicht ausfindig machen.

Drei Unterrichtsstunden wartete ich ab, bis sie herauskam. Gestern hatte ich vor der falschen Schule gewartet. Ich war mir sicher gewesen, doch die Umstände hatten mich eines Besseren belehrt. Das ist nicht schlimm. Ich lerne.

Die Schule war eine der besseren, es handelte sich um eine ganzheitliche Privatschule, wie mich ein protziges Schild belehrte. Auf dem gestutzten Rasen vor dem Gebäude gab es einen Basketballplatz und Sitzgruppen im Schatten von gepflegten Bäumen. Sie sahen aus, als hätten sie eine einheitliche Höhe.

Nichts gab es hier, was ich auch nur annähernd passend zu ihr gefunden hätte. Das war merkwürdig. Das Leben ist ein Spiel, es ist ein Puzzle. Man muss nur die passenden Teile aneinanderfügen.

Doch manchmal kam es vor, dass eines weiter weg lag und man es nicht sah. Etwa aus dem Grund, dass man nicht damit rechnete. Alles, was außer Reichweite liegt, sehen die Menschen nicht, und nun spürte ich den Stachel. Er wies mich darauf hin, dass es mir gerade ebenso gegangen war. Er hatte mich erwischt, dieser menschliche Makel, und er stach.

Daran dachte ich, als ich auf sie wartete. Es konnte mir egal sein. Alles, was mich den Menschen näherbrachte, würde mich besser machen. Und das ist der größte Unsinn, den ich mir ja hatte ausdenken können.

Es läutete, höflich und verhalten und doch mit diesem Klang von Macht, die Türen der Schule öffneten sich und Kinder strömten hinaus.

Sie zwischen ihnen ausfindig zu machen, war ein Leichtes. Ich hatte bereits eine starke Bindung zu ihr, das Weitere erledigte ihr Äußeres. Ihre Haare leuchteten wie ein Signal, weizenblond in der Mitte und hell an den Spitzen. Ich ertrug den Gedanken kaum, zu weit entfernt von ihr zu sein, um den Geruch ihres Haares nicht aufnehmen zu können.

Sie trug dieselbe Kleidung wie an dem Tag, als ich sie das erste Mal gesehen hatte, exakt dieselbe Kleidung.

Ich heftete mich an ihre Fersen.

Mit Argwohn beobachtete ich die Kinder. Freunde waren nicht gut, und gleich so viele schon gar nicht. Sie wirkte wie ein Einzelgänger, sie sah sogar aus, als hätte sie das Einzelgehen erfunden, doch man konnte nie wissen. Ich wusste es nicht.

Sie durchstreifte das Viertel, in dem die gute Schule lag. Ein gutes Viertel. Hübsch geformte Hecken auf Gras, das so grün aussah, als wäre es Gift. Sie ging jetzt nicht mehr allein, sie bewegte sich in einem Pulk aus Kindern, in dem sie verlorenging. In dem ihre Kleidung kaum auffiel. An der vierten Straßenkreuzung wurde sie von dem Pulk ausgespuckt.

Ich konnte mir nur schwer vorstellen, dass sie zu dieser Gruppe gehörte, doch ich hatte nicht sehen können, ob sie sich unterhalten oder womöglich gelacht hatte. Gruppen konnten Menschen auch passend machen. Diesen Gedanken verwarf ich. Sie war so nicht. Ich hätte sie nicht gesehen.

Dennoch war sie in dem Pulk geschwommen, und dass sie darin nicht aufgefallen war, bereitete mir Sorge. Ich würde mich darum kümmern müssen.

Wir ließen das gute Viertel mit der guten Schule hinter uns. Ich sah ihr zu, wie sie lief. Der Aprilwind spielte mit ihren Haaren, es bewegte sich, wehte einen Augenblick lang und legte sich dann auf den schmalen Schultern nieder.

Hier war die Stadt nicht ansehnlich, hohe Bürogebäude in staubigen Straßen, hier und da ein Geschäft. Die besseren Adressen fand man stadtauswärts. Das Einkaufszentrum, in dem ich sie gefunden hatte, lag in anderer Richtung.

Ich betrachtete abermals ihre Kleidung. Besonders die Schuhe sahen aus, als würden sie einen weiteren Marsch nicht überstehen. Es schien sie nicht zu kümmern. Sie blickte stur geradeaus, als könne sie dadurch ihren Weg verkürzen. Als sie abbog, wusste ich, wohin wir gingen.

Das Wasser war schmutzig und tosend. Es schlug gegen die Steine, als sei es trotzig. Die Promenade war gut besucht, das milde Wetter lockte. Doch unten am Wasser hielt sich keine Menschenseele auf. Bis sie die Stufen hinabkletterte. Als sie das Wasser erreichte, war es um eine große Menschenseele reicher.

Ja, es gibt kleine und große Seelen. Und ein ganzes Universum liegt dazwischen. Dass sie eine große Seele war, wurde mir in dem Moment klar, als sie das Ende der Treppe erreicht hatte und das Wasser schwieg. Es begrüßte sie.

Sie bekam davon nichts mit, natürlich nicht. Doch ich stand auf der obersten Stufe, starrte in die Gischt und staunte. Ich staune nicht oft.

Wo sie stand, begann der Strand. Wie es schien, bevorzugte sie Steine, denn nach ein paar hundert Metern wurde aus einem Steinstrand ein Sandstrand. Doch sie schlug die andere Richtung ein. Ich folgte ihr.

Zwischen ihr und dem kurzen Abschnitt Steinstrand stemmten sich Pfähle ins Wasser, schmutziggrau und stammdick. Vermutlich hatte man einst die Absicht gehegt, einen Steg zu errichten. Doch dieser war nie zu Ende gebaut worden und so ragten die einzelnen Stämme in den Aprilhimmel.

Hier ließ sie sich nieder. Ich setzte mich einige Meter von ihr entfernt auf einen melonengroßen Findling.

Sie saß zwischen zwei Steinen und legte ein Brett darüber. Ich schaute ihr konzentriert zu, jeder ihrer Handlungsschritte waren zugleich Überraschung und Rätsel für mich. Meist folgte die Auflösung sofort, doch das geschah nur visuell. Die wirkliche Auflösung ließ auf sich warten. Das war nicht schlimm. Aus diesem Grund war ich hier.

Als ich erkannte, was sie tat, wusste ich, dass sie jeden Tag hier war. Es gab einen ganz simplen Grund. Sie machte Hausaufgaben. Ihr nach Hause zu folgen, hatte Zeit. Die Teile des Puzzles, die ich bereits betrachtet hatte, ergaben noch lange kein einheitliches Bild, doch allein ihre Kleidung und der sehr fragliche Platz, an dem sie ihre Schulaufgaben verrichtete, deuteten zumindest auf eine Skizze hin.

Sie arbeitete konzentriert, sah nur auf, wenn sie überlegte oder das Heft wechselte. Ihre Bücher waren in einfacher Folie eingeschlagen, mehr konnte ich nicht erkennen. Ich würde mich ihr nur langsam nähern. Der Gedanke daran zauberte ein Kribbeln in meine alten Eingeweide.

Es wurde kalt. Sie schrak hoch, und das war der zweite Moment, in dem ich hätte schwören können, dass sie mich ansah. Ihr Blick schien mich festzuhalten, dann wandte sie den Kopf nach zur Seite. Gemessen in Menschenherzschlägen brauchte ich ganze zwei, bis ich das sehen konnte, was ihre Aufmerksamkeit geweckt hatte. Hinter einem Pfahl war ein Kopf aufgetaucht. So tief am Boden, dass ich zuerst dachte, er steckte direkt zwischen den Steinen. Mein zweiter Gedanke war: ein Fuchs!

Das Tier knurrte und sie sah ihn erstaunt an. Vermutlich war sie bisher noch nicht angeknurrt worden.

Der Fuchs zog die Lefzen nach oben und knurrte auch in meine Richtung. Als ich ihn betrachtete, wurde mir klar, dass er mich im

Gegensatz zu ihr sehen konnte. Zumindest als einen Schemen. Sie drehte den Kopf, um nachzusehen, wen das Tier meinte.

»Was denn?«, fragte sie und es verstummte. Zwei Herzschläge später kam es hinter dem Pfahl hervor.

Das Tier war kein Fuchs, es war eine Ausgeburt an Hässlichkeit.

Ich rätselte und es bereitete mir Freude. Das ist üblich, doch meist beschäftige ich mich mit dem Mysterium des Menschen, Tiere waren nur selten vorgekommen. Ich versuche, einen Bogen um sie zu machen, genauso wie um Mütter. Ein anhängliches Vieh kann genauso penetrant und hinderlich sein wie Mütter, die um ihre Kinder herumschwirren und sie zwingen, zu Hause zu sein, bevor es dunkel wird.

Es war ein Hund, lang und gedrungen. Er sah aus, als wäre er das Ergebnis einer zweifelhaften Verabredung zwischen einem Dackel und einem Wüstenfuchs. Wer zur Hölle konnte so etwas zulassen? Ich suchte nach etwas an ihm, was die Bezeichnung *schön* verdiente und fand nur seine Ohren. Wie kleine dreieckige Papiertüten waren sie aufgestellt.

Mehr gab es nicht zu entdecken, doch das war auch nicht meine Aufgabe. Es war ihre.

»Wer bist du und was tust du hier?«, fragte sie im Plauderton. Der Wind kam über das Wasser und hob ihre Haare an.

Der Hund schnüffelte an ihrer Hand, dann drehte er sich um und zog sich hinter seinen Pfahl zurück, ließ sie jedoch nicht aus den Augen. Damit waren wir nun zu zweit. Er störte mich nicht, er war ein Streuner. Ich überlegte, ob sie auch einer war. Vielleicht würde diese Frage eines Tages zu einem Puzzleteil werden. Doch damit würde ich mich beschäftigen, wenn es soweit war.

Nach einer Stunde hatte sie ihre Aufgaben erledigt. Sie hatte nicht nur schriftlich gearbeitet, sondern auch gelernt. Das wusste ich, weil ich zwanzig Minuten dabei zugesehen hatte, wie sie stumm las, den

Kopf hob und die Augen über das Wasser gleiten ließ. Als würde sie die Worte in die Wellen schicken und sehen, ob sie sie wieder einfangen konnte.

Als sie die Bücher zuklappte, sah sie emotionslos aus. Es war wohl Routine für sie.

Sie packte Hefte, Bücher und ihren Rucksack beiseite. Auf dem Brett über ihren Knien lag nur noch ein Buch und dieses trug keinen Umschlag.

Ich reckte neugierig den Kopf. Der Hund nahm mich wahr und knurrte.

»Wenn du dich benimmst, lese ich dir etwas vor«, sagte sie. Der Wüstenhund-Dackel verstummte augenblicklich.

Sie erhob sich. Mit einer geübten Bewegung nahm sie das Buch in die eine, das Brett in die andere Hand. Ich sah ihr dabei zu, wie sie die für sie gewohnte Ordnung erledigte. Als sie damit fertig war, setzte sie sich in die Nähe des Hundes. Es schien ihr nichts auszumachen, dass die Feuchtigkeit am Stoff ihrer Jeans hinaufkroch.

Ich musste näherkommen, wenn ich zuhören wollte. Das war nicht einfach, der Hund bemerkte jede meiner Bewegungen. Er knurrte zwar nicht mehr – ich war mir sicher, dass er nur ihretwegen seine Schnauze hielt – doch er war wachsam. Und das brachte sie dazu, ebenfalls wachsam zu sein.

So wechselte ich meinen Sitzplatz nur um so viele Riesenfindlinge, bis ich hören konnte, was sie las. Wie das Buch hieß, wusste ich nicht. Ich habe schon viele Geschichten gehört, geschriebene und gesprochene und gelebte, doch diese war mir völlig fremd.

Warum fallen wir vom Rand der Scheibe? Jemand drängt uns an diesen Rand. Vielleicht schieben wir auf unserem Weg an den Rand jemand anderes. Möglicherweise treiben wir uns gegenseitig, lassen es zu, dass man uns drängt und fallen.

So dachte man in Crystal Deck und das war ja nicht seltsam. Nichts ist seltsam, wenn die Menschen daran glauben.

Ally machte sich auf in den Wald, um den Mann zu suchen, dessen Herz in einer hölzernen Truhe lag. Vielleicht hatte sie die Geschichte auch nicht richtig verstanden oder sie konnte sich nicht richtig daran erinnern. Es konnte auch sein, dass der Mann ein hölzernes Herz besaß. Zudem meinte sie, sich an etwas mit einer Uhr zu erinnern. Ein Herz und eine Uhr. Das waren die Zutaten der Geschichte gewesen und die Fäden dazwischen zu finden, lag nun an ihr.

Sie las sehr langsam und deutlich, als wolle sie sicher gehen, dass jedes Wort der Geschichte den Platz fand, den es verdiente. Sie gab jedem von ihnen seinen eigenen Raum.

Ich hatte ihr gebannt gelauscht. Das merkte ich daran, dass ich darauf wartete, dass sie weiterlas. Nicht nur ihre Stimme wollte ich hören. Auch die Geschichte, die sie las.

Doch sie klappte das Buch zu und schaute aufs Wasser. Ich sah sie an, dann den Hund, der mich zu belauern schien.

Langsam erhob ich mich. Bis ich erkennen konnte, was auf dem Einband des Buches stand. Schnörkellose Buchstaben verrieten mir seinen Namen: *Crystal Deck*.

Als die Sonne die Linie zwischen Wasser und Himmel berührte, brach sie auf. Der Hund folgte ihr. Und ich folgte ihr ebenfalls.

Die Sneakers, die sie trug, waren an einigen Stellen so durchgewetzt, dass ich tatsächlich dachte, sie würden ihr von den Füßen fallen. Ihrem zügigen Schritt zufolge war es ein ganzes Stück bis zu ihr nach Hause. Ich war mir sicher, dass die Schuhe es nicht überleben würden.

Nach knapp einer Stunde Fußmarsch erreichten wir das Haus, in dem sie wohnte.

Zuerst blieb sie stehen, dann der Hund, zum Schluss ich. Es wurde bereits dunkel und der Abend verwandelte die Straße in einen Ort voller Schatten.

Ihr Zuhause lag abseits der Stadt. Abseits von dem guten Viertel und abseits vom Wasser.

Der Straßenzug war lang, weiter hinten konnte ich eine Brücke erkennen. Von den Fassaden bröckelte der Putz, die Geschäfte und Bürohäuser sahen aus, als wären sie bereits vor langer Zeit verlassen worden. Vielleicht waren es auch die Unterkünfte der ehemaligen Werftarbeiter. Am Ende der Straße lag der alte Hafen. Als ich ihn das letzte Mal besucht hatte, war es ein stinkendes Loch voll Wasser und Öl gewesen, und ich ging nicht davon aus, dass sich das geändert hatte.

Hier war von alledem nichts wahrzunehmen, vielleicht stand der Wind günstig. Das oder das Becken war tatsächlich gereinigt worden.

Vor verlassenen Bauten standen verschieden große Würfel, die meisten von ihnen aus Spanplatten, Pappe oder Teilen von Obstkisten und Paletten zusammengezimmert. Manche Würfel hatten Fenster und Türen, andere nicht. Keiner von ihnen hoch genug, um aufrecht stehen zu können. Nun, vielleicht gerade so. Da müsste ich noch näher treten.

Sie ging an den Wohnungen, die keine waren, vorbei und erwiderte die Grüße der Bewohner nur flüchtig. Vielleicht war sie müde. Schließlich blieb sie stehen. Der Hund mit den Tütenohren tat es ebenfalls. Er drehte sich nach mir um und seine dunklen Augen waren schwarze Löcher. Eine Warnung.

Ich hielt an, aber nicht wegen ihm. Als ich den Kopf hob und an den zerklüfteten Hausmauern nach oben blickte, hörte ich, wie er knurrte. Der Himmel wurde schwarz.
Über den Würfeln, vor denen sie stehengeblieben war, baumelten kleine Lampions. Sie hingen über den Wohnungen wie eine bunte Markise. Ich beobachtete das Mädchen, der Wüstenfuchs tat es ebenfalls. Mir war klar, dass er mit den Augen bei ihr war, seine Ohren waren jedoch auf mich ausgerichtet. Also schnappte ich mir einen

verbeulten Eimer, drehte ihn um und setzte mich. Es dauerte eine Weile, bis der Hund sich ebenfalls niederließ.

Die Menschen waren ruhig. Nicht, dass sie nicht redeten oder sich etwas zuriefen. Sie lachten sogar. Doch alles, was sie taten, schien mir auf eine ungewohnte Art aufgeräumt. Auch ihre Zimmer waren es. Es befand sich kaum etwas in den kleinen Würfeln aus Holz und Pappe, zumindest in denen, in die ich hineinblickte. Dass es am Ende der Straße anders aussah, würde ich noch erfahren.

Ich reckte den Kopf, um besser sehen zu können. Der Hund drehte sich augenblicklich zu mir um und fletschte die Zähne. Es hätte mich nicht mehr als einen Tritt gebraucht, um ihn zum Schweigen zu bringen, doch ich wartete ab. Diese unnatürliche Mischung aus Genen würde sich über kurz oder lang von allein auflösen und sich in andere Welten verabschieden.

Im Schein der Lampions sah ich ihre Haare, in denen ein ganzes Jahr steckte. Sie kämmte sich, verstaute ihren Rucksack in einem windigen Regal und ging in das Zimmer nebenan. Was sie dort tat, konnte ich nicht sehen. Der Fuchs hatte die kurzen Beine gestreckt und sich erhoben. Er beobachtete sie eingehend, als hätte er eine minutiöse Berichterstattung abzugeben.

Ich sah sie wiederkommen, doch sie kehrte nicht in ihr winziges Zimmer zurück, sondern schlug die andere Richtung ein, unter dem Arm eine Decke oder ein Tuch geklemmt. Da ich annahm, dass sie ihre Abendtoilette verrichtete, wartete ich. Ich bin geduldig. Die Hälfte meines Tages verbringe ich mit Warten. Vermutlich besteht beinahe mein ganzes Dasein aus Warten.

Ganz im Gegenteil zu dem wurstförmigen Hund. Er hechelte, sprang auf seine krummen Beine, um sich dann wieder hinzusetzen. Es war spaßig, ihm zuzusehen. Irgendetwas flüsterte ihm in sein Tütenohr, dass sie wiederkommen würde, doch ich bezweifelte, dass es sein Verstand war. Vielleicht handelte es sich um Instinkt. Als mir der Hund zu langweilig wurde, sah ich in den Himmel. Schwarz wie die Kleidung des Mädchens in dem Friseurgeschäft. Ich maß den Dachvorsprung mit den Augen ab. Wenn es regnen würde, würde er kaum ausreichen, um die Buden vor dem Wasser zu schützen. Nur wenige von ihnen machten den Eindruck, einem Windstoß mittlerer Stärke standzuhalten.

Sie kam wieder, der Hund sprang auf und machte etwas Seltsames. Es sah aus, als würde er eine große Portion Luft fangen. Sein Kopf ruckelte nach vorn, er schluckte. Ich nahm an, dass er versuchte, nicht zu winseln oder zu bellen.

Sie blieb stehen und sah ihn an, als überlegte sie, ihn wegzuschicken. Ich war mir sicher, dass er gehorchen würde.

Sie stand da in einem kurzen Nachthemd, mit einem Runzeln auf der Stirn, und er verschluckte sich an seinem Warten. Schließlich winkte sie ihm zu, ging in ihr Zimmer aus Pappe, legte sich auf eine Matratze und machte die Augen zu.

Der Wüstenfuchsdackel wartete noch lange. Dann ließ er sich nieder. Sein linkes Ohr wackelte, als ich aufstand. Ich blickte ein letztes Mal zu den bunten Lichtern über den Pappdächern, drehte mich um und ging davon.

***

Der nächste Morgen öffnete einen grauen Himmel. Ich überlegte, wie viel Regen es bräuchte, um die Dächer dazu zu bringen, in sich zusammenzuklappen und wie viel weiteren Regen, um den gesamten Straßenzug wegzuschwemmen. Sie schlief auf nichts als auf Papier.

In der Helligkeit sahen die Bretterbuden und Papphäuser noch trostloser aus. Genauso wie die Menschen. Sie waren blass und trugen Augenringe.

Ihr Bett lag verlassen, eine dünne Decke sorgsam gefaltet, darauf lag ein Rucksack.

Der Hund nahm meine Ankunft gelassen wahr, vermutlich hatte er sich damit abgefunden, mich ertragen zu müssen. Ich überlegte, wie lange er in dem stinkenden Becken am Hafen überleben würde.

Es fiel mir schwer, die anderen Menschen zu beobachten. Sie interessierten mich nicht, doch wenn sie zu ihrer Geschichte gehörten, musste ich etwas über sie wissen. Sie wirkten ruhig und ohne Aufregung. Ob sie zufrieden waren, vermochte ich nicht einzuschätzen. Das war auch nicht meine Aufgabe.

Sie saß im Nachbarzimmer ihres Schlafbereichs. Die nebeneinanderliegenden Zimmer sahen aus, als hätte jemand von einem Wohnhaus eine Wand abgeschnitten, sodass man wie in ein Puppenhaus hineinblicken konnte.

Sie frühstückte mit ihren Eltern. Ich staunte. Eine unabdingbarere Ähnlichkeit hatte ich noch nie gesehen. Die Natur zeigte eine solch beharrliche Konsequenz, als wäre sie einem Zwang untergeordnet.

Sie war das Ebenbild ihres Vaters und ihrer Mutter. Und dass sie von ihnen am meisten darunter litt, spürte ich so deutlich, dass ich daran dachte, ihr sofort den nächsten Traum zu schicken. Der Hund blickte mich vorwurfsvoll an, als würde er mich an meine Geduld erinnern wollen. Vermutlich hatten ihn einige meiner Gedanken gestreift, manchmal kam das vor. Selten, doch es kam vor.

Wenn du nicht schweigst, werde ich dafür sorgen, dass du es tust.

Er zog den Schwanz ein und ich wandte den Blick von ihm. Es dämmerte mir, dass er zwar hässlich, aber auch hartnäckig war. Vielleicht gehen diese zwei Eigenschaften Hand in Hand, weil Schönheit eher das bekommt, was sie will. Vielleicht entwickelt sich die eine nur aus der Existenz der anderen.

Ich trat einen Schritt näher. Sie aß Rührei. In diesem größeren Würfel aus Spanplatten gab es eine Gaskochplatte, ein paar Schränke und einen niedrigen Tisch mit noch niedrigeren Hockern. Ich konnte nicht anders, ich starrte sie an. Alle drei.

Nach dem Frühstück räumte sie ihren Teller auf, holte den Rucksack von ihrem Bett und ging zur Schule. Ich wusste, dass nun derselbe Tagesablauf folgen würde, wie ich ihn bereits kannte, dennoch folgte ich ihr. Natürlich folgte ihr auch der Hund.

Von ihren Eltern hatte sie sich einen Kuss auf die Wange abgeholt, und ich sah alles, was Leid dieser Familie gebracht hatte. Es hatte Wut und Resignation geboren. Wenn ich ihre Eltern eher kennengelernt hätte, hätte ich vielleicht etwas tun können. Doch nun war es zu spät. Ich mochte den Gedanken nicht. Ironischerweise war meine Anwesenheit selbst ein Resultat vom Zuspätkommen.

Ich überlegte, ihre Eltern zu beobachten, während sie in der Schule war. Dem Hund hätte das sicherlich gefallen. Ich entschied mich dagegen. Das, was ich benötigte, wusste ich bereits. Weitere Dinge wären nur Blumen am Rande des Weges, den ich bereits gefunden und betreten hatte. Und ich verabscheue Blumen.

Also ging ich ans Wasser. Ich setzte mich in die Nähe der Stelle, an der sie gesessen hatte, blickte auf die Wellen und feilte an dem nächsten Traum.

***

Obwohl es kälter wurde, kam sie wieder an den Strand. Der Hund war sauer, dass ich schon da war. Er blieb stehen und knurrte mich an. So viel Schneid hätte ich ihm nicht zugetraut. Er war wahnsinnig, seinen Tod so draufgängerisch herauszufordern. Ich wusste, wohin ich zu treten hatte, um ihm die Lunge mit seiner eigenen zerbrochenen Rippe aufzuspießen. Das ist mein liebster Tod. Eine Rippe bricht leicht wie ein Zahnstocher.

»Hm?«, fragte sie, als der Hund nicht weiterging. Seine braunen Augen wurden wieder zur Nacht. Zäh war, und vielleicht waren es seine Knochen auch. Außerdem sollte sie nicht sehen, wie er sich in

Qualen auf der Promenade winden würde. Obwohl das auch egal wäre. Sie kannte Leid wie dieses bereits, vermutete ich. Und das Schlimmste hatte sich in ihre eigene Seele gebrannt. Eine große Seele hat viel Platz.

»Du bist bloß ein Köter, der bald krepiert. Wie lange lebst du schon an diesem kalten, feuchten Platz? Sicher wird dich bald die Gicht holen. Und glaub mir, sie ist nicht unbedingt zimperlich.«

Der Hund starrte mich stumm an, die Lefze nur an einer Seite über die Zähne gezogen, als schnitt er eine Grimasse. Er sah aus, als würde er mich warnen wollen. Ich entschloss, dem ein Ende zu bereiten, und erhob mich. Es wurde mit einem Mal still. Ich hielt inne.

Sie legte den Kopf schief und sah in meine Richtung. Ich war mir nicht sicher, ob sie das wegen der Stille tat oder sie diese ausgelöst hatte. Ich blickte hinter mich. Doch da war nichts, nur Wasser und der Horizont. Niemand.

Ich wandte mich um, sie und der Wüstenfuchs taten es ebenfalls. Wir vollführten eine irrwitzige Choreographie, wir waren synchron.

Der Wind nahm zu, er zerrte an ihren Haaren. Als es ihr zu bunt wurde, schob sie diese in die Kapuze ihres Sweaters.

Sie machte Schulaufgaben, doch heute kam sie mir abgelenkt vor. Immer wieder blickte sie aufs Wasser. Es dauerte eine Weile, bis ich realisierte, was ihren Blick fing. Es waren die Wellen, vermutete ich. Sie schien fasziniert von ihnen. Die Art, wie sie den Kopf hielt, verriet noch etwas anderes. Es war dieselbe Haltung, die sie einnahm, wenn der Fuchs knurrte. Sie war achtsam. Es war keine Furcht, eher schien sie Distanz zu halten.

Für die Aufgaben brauchte sie an diesem Tag länger, es müssen an die zwei Stunden gewesen sein. Der Abend kam und nahm ein paar von den Wolken vom Himmel. Als sich das Wasser entspannte, tat sie es auch. Es lag mit der glatten Oberfläche eines Spiegels vor uns, doch in ihrem Gesicht gab es noch einige Kräuselungen. Ich stand auf und trat näher. Das war nicht … Der Hund sprang auf und knurrte. Sie sah ihn an, doch es war zu spät. Ich hatte den Ausdruck auf ihrem Gesicht bereits eingefangen.

Ich hatte unterschätzt, wie schnell der Wüstenfuchs war, doch was mich betraf, galt für ihn dasselbe. Zwei Meter stand ich von ihr entfernt, so nah war ich ihr noch nie gewesen. Ich zählte die scharfkantigen Wellen auf ihrem kindlichen Gesicht und packte sie zu den anderen Dingen, die die Überschrift *sie* trugen.

Als sie zu mir blickte, hätte ich erneut schwören können, dass sie mich direkt ansah. Und vielleicht hätte die ganze Geschichte an dieser Stelle geendet, wenn der Hund nicht jaulend auf mich zugesprungen wäre. Ich erlaubte mir einen kurzen Gedanken an die durchbohrte Rippe, dann trat ich zurück. An dieser Stelle könnte ich erzählen, ich hätte es ihr zuliebe getan. Sie mochte den hässlichen Streuner oder hatte zumindest Mitleid mit ihm. Ich könnte erzählen, ich wollte ihr mit seinem Tod kein Leid zufügen. Zur Hälfte ist es ja auch die Wahrheit.

»Na«, sagte sie lediglich. Sie sprach mit der Stimme eines freundlichen Tadelns und doch schien sie den Köter dabei zu streicheln. Mit Worten streicheln, das war mir neu.

Ich nahm erneut auf einem der großen Steine Platz, die zuhauf unterhalb der Promenade am Strand lagen. Der wurstige Hund beruhigte sich kaum. Ich ging davon aus, dass das den ganzen Abend so bleiben würde, doch sie belehrte mich eines Besseren.

Sie zog *Crystal Deck* aus dem Rucksack, setzte sich in den grobkörnigen Sand und begann zu lesen.

Ally wanderte und wanderte. Sie trug kaum etwas bei sich und pflückte die Früchte von den Bäumen und von den Sträuchern. Manchmal wurde ihr schwindlig, danach kam die Müdigkeit. Es gab Augenblicke, in denen sie dachte, jemand würde die Scheibe bewegen, auf der sie wanderte. Dann dachte sie an das Herz und die Uhr und legte sich schlafen.

Währenddessen entlud sich in Crystal Deck ein wahrer Sturm.

Heute las sie noch langsamer als das letzte Mal, was daran lag, dass sie immer wieder Pausen machte, um den Wellen zu lauschen. Sie saß mit dem Rücken zum Wasser, so konnte sie es nicht sehen, doch die Wellen sprachen zu ihr und sie musste ihnen folgen.

Der Hund und ich hörten ihr zu. Es baute sich eine Spannung auf, der ich mich nicht entziehen konnte. Es war amüsant, einer Geschichte zu lauschen, wenn sonst ich derjenige war, der sie erzählte. Zudem mochte ich es, wenn ein Sturm ausbrach.

Umso enttäuschter war ich, als sie nach diesem Satz aufhörte. Das Buch noch offen auf dem Schoss blickte sie auf und starrte geradeaus. Vermutlich hatte sie nicht vorgehabt, das Lesevergnügen so kurz zu halten, genauso wenig wie sie geplant hatte, mit ihren Schulaufgaben deutlich länger als gewöhnlich beschäftigt zu sein. Die Wellen waren ihr dazwischengekommen.

Der Hund blickte mich an, als ich den Kopf wandte und das Wasser betrachtete. Vermutlich sollte ich hier sitzen bleiben und warten, bis es zu mir sprechen würde. Es sprach ebenso zu ihr, doch es gab eine Geschichte, die sie nicht hören wollte. Eine Erzählung, in der es um sie ging.

Nach einer Weile klappte sie das Buch zusammen und stand auf.

Der Wüstenhund beäugte mich misstrauisch, als er sich wie in Zeitlupe erhob. Ich blieb sitzen, doch er traute mir nicht. Die Absicht in meinen Augen, ihn zu töten, hatte er zweifelsohne wahrgenommen. Ich sah die beiden verschwinden, er drehte sich immer wieder nach mir um. Sie nicht. Für sie gab es keinen Grund, zurückzublicken. Es schien mir, sie würde lieber schneller vorangehen. So schnell wie nur möglich.

Bald kam die Nacht und strich mit einem Pinsel über das Wasser, bis es sich schwarz färbte. Der Mond ging auf und zähmte die Wellen, die sich bald nur noch in sanften Linien erhoben. Sie sahen aus wie

Berge, auf deren spitzen Kämme sich der Schnee sammelte, der nichts war als eingefangenes Mondlicht.

Ich saß und arbeitete an dem Traum. Das Wasser musste wissen, dass ich wartete. Ich bin geduldig und ich bin zäh. Dem Wasser ist das egal, natürlich, denn es ist noch geduldiger. Es ist immer da.

Der Traum war bald fertig, schließlich hatte ich ihn gestern schon entworfen. Ich schickte ihn auf die Reise und kehrte dahin zurück, von wo ich gekommen war.

***

Dass er sie erreicht hatte, wusste ich sofort, als ich sie sah. Sie stand barfuß auf dem Asphalt neben ihrem Zimmer und blickte in den Himmel, auf den Dachvorsprung der zerfallenden Fassaden, schließlich auf den Dreck unter ihren Füßen. Die Sonne ließ ihr Haar in den drei Tönen schimmern.

Neben ihrem Rucksack saß der Hund und winselte. Sicher verstand er nicht, warum sie nicht sofort zur Schule ging, wie sie das bisher getan hatte. Das war der Augenblick, in dem mir klar wurde, dass der Traum erst jetzt in ihr Bewusstsein gekrochen war. Sie war aufgestanden, hatte gefrühstückt, ihre Sachen zusammengesucht und dann …

Wollte sie ihre Schuhe anziehen. Der Traum hatte sich gemeldet und sie war barfuß auf die Straße gelaufen und hatte den Rucksack fallen lassen. Vielleicht war er ihr auch einfach von der Schulter geglitten. Ich sammelte all diese Beobachtungen und schrieb *Angst* auf den Ordner, in dem ich sie verstaute.

Sie hatte den Traum verdrängt, und irgendetwas hatte ihn zurück in ihr Bewusstsein geholt: ein Gefühl, eine Erinnerung, ein Geruch, ein aufgeschnapptes Wort. Sie hatte Angst vor dem Wasser. Sie hasste und sie liebte es.

25

Ich bemerkte nicht, wie sie in ihr Zimmer ging, um die Schuhe zu holen. Ich suchte nach der Mutter, ihrem halben Ebenbild. Diese stand in der Küche und spülte das Geschirr. Erst, als sie wieder neben dem Hund und ihrem Rucksack stand, schaute ich zurück. Sie, das Mädchen, ging los, den Blick nach vorn gerichtet. Ich war mir sicher, sie würde den Traum behalten und ihn am Wasser wieder aufleben lassen. Ich wurde nicht enttäuscht.

Es war spät, als sie kam. Der Wüstenfuchs trottete hinter ihr her. Sie kletterte die Stufen zum Wasser hinab und ich sah ihr fasziniert zu. Sie wollte und sie wollte es nicht. Ein Vorwärtsdrängen und ein Zurückweichen. Entwicklung und Stillstand. Ambivalenz.

Sie war derart mächtig, dass ich überlegte, ob der Traum zu stark gewesen sei. Doch sie war stark, also war diese Traumzeichnung die logische Konsequenz. Das Leid, das in ihr pulsierte, machte sie jedoch ebenfalls schwach, so schwach, dass es ein Wunder war, dass sie aufrecht stehen konnte. Was wiederum die Ambivalenz bestätigte.

Träume werden auf verschiedene Arten gefertigt. Ich zeichne sie weich, mit dem Hauch einer Ahnung. Sie sind nie mehr als eine Schraffur.

Die andere Variante sind deutlich gezeichnete Linien. Doch es sind nur einzelne Linien, niemals das ganze Bild. Dies setzt sich der Träumende selbst zusammen. Die Zutaten sind vorhanden, ebenso der Rahmen, doch die Dosis bestimmt der Mensch selbst.

Natürlich gibt es noch die Art von Traum, die beides beinhaltet. Man wacht auf und spürt eine Hand um die Kehle, die sich immer fester schließt. Einen solchen Traum zu verdrängen, dauert eine lange Zeit und sie werden selten eingesetzt.

Der zweite Traum, den ich ihr geschickt hatte, war eine Schraffur gewesen, und sie hatte die Macht über alle Farben, die es brauchte, um ein Gemälde zu fertigen. Jedoch habe ich es noch nie erlebt, dass ein Gemälde die Grenzen des ursprünglichen Bildes sprengt. Niemals. Das gibt es nicht.

Sie belehrte mich eines Besseren.

Der Wind schwieg, die Wellen deuteten sich nur an. Dennoch fiel es ihr schwer, sich zu konzentrieren.

Ich wusste, dass dieser Zustand anhalten würde.

Als sie mit den Aufgaben fertig und oberflächlich ihre Hefteinträge durchgegangen war, packte sie alles weg bis auf einen Bogen weißes Papier. Der Hund setzte sich aufrecht, um zu sehen, was da in ihren Händen entstand.

Sie faltete langsam, ihre Handlung war das Abbild ihres Ganges über die Steinstufen ans Wasser. Sie wollte und sie wollte es nicht. Als das Schiffchen fertig war, betrachtete sie es verwundert.

Der Hund wandte ruckartig den Kopf, die Tütenohren wie Satelliten auf mich ausgerichtet. Ich musste mich bewegt haben. Elendiges Vieh.

Der Anblick des Papierschiffchens hatte mich in Staunen versetzt. Es sah aus wie das, was ich ihr über das Meer der Nacht hatte zukommen lassen. Und jetzt wusste sie nichts damit anzufangen.

Sie sah die Symbolik, sie verstand sie nur noch nicht. Als sie dem Hund einen Blick zuwarf, runzelte ich die Stirn. Sie suchte gedanklichen Halt, um ans Wasser treten zu können. Aber musste es dieser Köter sein? Selbstverständlich war er sofort an ihrer Seite; er hatte es so eilig, zu ihr zu kommen, dass er mir nicht einmal einen Blick des Triumphes zukommen ließ. Was wohl auch besser für ihn war.

Sie stand am Wasser, hatte sich nicht einmal die Schuhe ausgezogen. Der Hund war neben ihr mit den Pfoten in den sanften Wellen. Ich war mir sicher, ohne zu zögern, würde er sich in die Fluten werfen, wenn sie es verlangte. Als sie sich nach unten beugte, schluckte er wieder Luft, als würde er den Kloß in ihrer Kehle als seinen eigenen wahrnehmen.

Sie ließ das Schiffchen hinab, das Wasser kam und holte es sich. Langsam richtete sie sich auf, den Mund geöffnet. Der Wüstenfuchs betrachtete abwechselnd sie und das Boot aus Papier, als wüsste er nicht recht, wovon er Zeuge wurde. Dass es etwas Wichtiges war, spürte er, alles andere ging über seinen minderen Verstand hinaus.

Sie sah dem Schiffchen nach und ich dachte, sie würde ihm folgen. Sich in das Wasser stürzen und ihm hinterher schwimmen. Doch es war nur ihr Gedanke gewesen, den sie auf das Wasser geschickt hatte. Sie sehnte sich nach den Wellen.

»Schau«, sagte sie und der Hund und ich reckten zugleich die Köpfe. Wir waren beide überrascht, sie sprechen zu hören. Vielleicht wollte sie nur etwas anderes als ihre Gedanken im Ohr haben.

Angst. Ambivalenz.

»Es schwimmt!« Etwas in ihr heilte. Ich nahm diese Beobachtung und verstaute sie in dem Ordner *Alles wird gut*. Es war der erste Eintrag dieser Art.

Als sie gegangen war, stand ich am Strand und blickte ins Wasser. Ich habe schon Menschen im Wasser sterben sehen und damit meine ich nicht ihren Kampf mit dem mächtigsten Element der Erde. Ich meine ihr Hinabschweben in die Tiefe. Man kann es sehen, wenn man in das Wasser hineinblickt, so wie ich es kann.

Ich wartete, bis es dunkel wurde. Der Mond erschien und verschwand wieder hinter den Wolken. Ihm fehlte noch ein Stück zur vollkommenen Fülle und in diesem Zustand ist das Wasser wild. Dann bäumt sich es sich auf, als würde es sich wehren. Gegen was habe ich noch nicht herausgefunden. Vielleicht will es ihm nicht gehören, dem Mond. Und natürlich tut es das nicht. Es gehört niemandem. Doch die Angst lässt fatale Dinge glauben.

Angst. Ich blickte ins Wasser. Sie hatte ich darin nicht gesehen, doch sie fürchtete sich davor, dem Wasser zu gehören. Sie mussten sich einmal sehr nahe gewesen sein. Ich dachte an die Mutter. Sie war nicht mächtig. Vielleicht hatte sie ihre Macht abgegeben. Ich wunderte mich. Das war ein Rätsel. Noch. Ein Kribbeln kroch durch meine Eingeweide, die nicht aus Fleisch und Blut bestehen.

Ich wartete lange und mich beschlich ein Gefühl, das den Stachel trug. Ihr Geheimnis war das größte, das ich bisher kennengelernt hatte, und es trug mich näher an die Menschen heran. Das war unschön, doch nicht zu ändern. Vielleicht war es an der Zeit. Ich hatte sie gesehen und war ihr gefolgt. Und nun stand ich am Wasser und wartete mit dem blassen Mond auf das Schiffchen.

Was, wenn es nicht zurückkehren würde? Der Stachel entlud Sorge in meine Wunde. Er entlud etwas, das ich als ein Warten im Magen bezeichnen würde.

***

In den frühen Morgenstunden lag ich auf den Steinen. Ich war eingeschlafen. Der Kalender war von April auf Mai gesprungen, doch es war kalt. Kalt und nass. Ich setzte mich aufrecht und spürte den Stachel. Es war unwahrscheinlich, dass das Schiffchen jetzt noch kommen würde. Doch es war ebenso unwahrscheinlich, dass ein Mädchen in einem Haus aus Papier wohnt und Menschen der Flut entspringen. Ich habe beides gesehen, also wartete ich.

Es muss gegen neun Uhr morgens gewesen sein, als das Wasser das gefaltete Papier ausspuckte. Das Boot trieb ans Ufer. Es lag steuerbord auf dem Wasser, als schliefe es. Die Welle erhob sich und das Schiffchen flog ein kleines Stück durch die Luft.

Ich rutschte an das Wasser heran und griff nach dem Papier. Ich hätte schwören können, dass es Flügel bekommen hatte. Diesen halben Herzschlag lang.

Ich hatte eine Menge Dinge gesehen, seit ich ihr gefolgt war. Dinge, die im Ordner *Unmöglich* steckten.

Als ich das Boot in den Händen hielt, sah ich ihre Zeichnung. Ich hatte ihr das Boot im Traum geschickt, sie hatte es gesehen und es ins

29

echte Leben geholt. Den Traum entwerfe ich, nur der Träumende selbst kann ihn manifestieren. Ein paar Zutaten, um in dieser Welt und ihren Regeln Bestand zu haben, schicke ich mit. Papier und Tinte trotzen dem Wasser, wenn auch nur für einige Stunden. Bei ihr haben sie ausgereicht.

Auf der Seite, die im Wasser geschlafen hatte, sah ich ein Stadthaus mit einer Erle davor. Ich sah einen Balkon im zweiten Stock und Menschen, die vor dem Haus auf der Straße saßen und lachten.

Ich lief die Treppe hinauf, die Promenade entlang. Das Leben der Menschen hier schlief noch. Es ging erst nach der Arbeit los, wenn man einen Kaffee trinken und aufs Wasser blicken wollte. Blickte ich aufs Wasser, sah ich Hände, die sich aus den Wellen erhoben, als würden sie winken. Sie winkten nicht nach Hilfe, sie winkten zum Abschied. Die Menschen denken, sie sinken in die Tiefe. Dabei steigen sie hinauf.

Ich warf das nasse Papier in einen der Mülleimer und ging zurück zum Wasser. Ich tat das, was ich am besten konnte. Warten.

***

Der Himmel zog sich dunkle Tücher vors Gesicht, als sie kam. Der Hund zog die Lefzen hoch und stellte die Ohren auf, als er mich sah.

Sie erledigte ihre Aufgaben und ich suchte in ihr nach der Erinnerung an das Stadthaus. Doch da war nichts. Nicht mal eine grobe verschwommene Skizze und doch hatte sie es mit gestochen scharfen Strichen gemalt. So etwas tun die Menschen. Sie erinnern sich an etwas, nur um es danach umso tiefer ins Vergessen zu schieben.

Als der Wüstenhund aufgeregt aufsprang, schnüffelte und sich erneut zu ihren Füßen legte, wusste ich, dass wir erneut nach Crystal Deck reisen würden. Ich konnte nicht sagen, dass ich mich nicht darüber freute.

Zwischen tiefen Häuserschluchten trafen sich drei Gestalten. Der Sturm kündigte sich an, ein Summen lag in der Luft und schmerzte in den Ohren. Ein Gewitter zieht auf, sagte man in Crystal Deck. Und dass man Acht geben sollte, denn ein Orkan wäre sehr wohl in der Lage, einen vom Rande der Scheibe zu pusten. Zu treiben, sagten sie außerdem und Sam gefiel es. Es gefiel ihm so sehr, dass er sich fragte, ob es nur das Wort war, welches er mochte oder auch das tatsächliche Geschehen. Er fragte es sich, als er sich am Morgen seinen ersten Tee einschenkte, und er fragte es sich, als er sich mit zwei anderen Gestalten in einer der Schluchten von Crystal Deck traf.

Es gibt einen Würfel, *sagte eine von ihnen. Sie war größer als Sam, doch hatte einen sehr kleinen Kopf. Die andere Gestalt war winzig, hatte jedoch einen riesigen Kopf. In Gedanken nannte er sie Gegen und Teil. Ihre richtigen Namen wusste er nicht. Nicht an einem Tag wie diesem, an dem die Luft summte und sich ein Orkan auf den Weg machte, um sie vom Rand der Erdscheibe zu treiben.*

Der Würfel ist in der Lage, Crystal Deck zu retten, erzählten Gegen und Teil. Sie kannten vermutlich seinen Namen, Gestalten wie sie wussten immer alles. Aus dem Würfel jedenfalls würde ein Baum wachsen. Ein Baum so groß und mächtig, dass er die Scheibe festhalten würde, so stark der Orkan auch wüten würde. Denn die Wurzeln des Baumes kamen aus dem Würfel, und der selbst war die Erkenntnis. Nichts war so stark wie die Erkenntnis, sagten Gegen und Teil. Man müsse allerdings den Würfel richtig werfen. Und außerdem wüsste niemand, wo er zu finden sei.

Das glaubte ihnen Sam nicht. Sie wollten ihn zum Narren halten. Doch er war nicht ganz bei der Sache, er dachte noch immer an das Wort treiben *und an die Frage, warum man Crystal Deck retten sollte. Wer sollte das wollen? Crystal Deck wurde verflucht, jeden Tag aufs Neue, vom Beginn eines Tages bis zur Nacht, von jedem Menschen und jeder Gestalt, die in ihm hauste.*

Sie hielt inne, als brauchte sie eine Pause vom Lesen. Dass es nicht so war, wussten wir alle drei. Sie, der Hund und ich. Vielleicht war sie erschöpft. Tatsächlich wusste ich es nicht, ich konnte es nur erahnen.

Und dann geschah etwas Seltsames. Der Wüstenfuchs, der ruhig an ihrer Seite gesessen hatte, als sie las, drehte seinen Kopf zu mir um.

Was?

In seinen Augen spiegelte sich das Blau des Wassers, was gar nicht sein konnte, da er sich davon abwendete. Manches kann nicht sein und dennoch war es so. Einigen Dingen ist es egal, ob sie sein können oder nicht.

Was?, wollte ich laut fragen, doch ich schwieg. In den Augen des Hundes lag ihre Seele und in seinem Blick eine Frage. *Was ist mit ihr? Gibt es etwas, das wir tun können?* Ich wusste nicht, wie ich darauf reagieren sollte. Ich tat nichts, und der Hund drehte den Kopf zurück.

Sie klappte das Buch zu und schaute in die Wellen.

***

In der Nacht saß ich vor ihrem Zimmer aus Pappe, natürlich in angemessener Entfernung. Ich dachte an den nächsten Traum und daran, dass der Hund mich etwas hatte gefragt hatte. Dieses elende Drecksvieh hatte mich angeblickt, als hätte es ein Recht zu erfahren, was ich dachte. Vielleicht sollte ich ihn erlösen, bevor es zu spät war.

Zu spät. Die Worte meiner Herkunft.

Ich blickte auf den schmalen Mädchenkörper unter der dünnen Decke, der sich nicht bewegte. Ich saß zu weit weg, um ihren Brustkorb sich heben und senken zu sehen und das pulsierende Herz, welches er umschloss. Und warum? Wegen dieses Köters aus einem unmöglichen Gengemisch.

Mein Blick wanderte an den alten Fassaden nach oben. Der Himmel war voller Wolken, doch es blieb trocken. Ein Stück lang blickte ich an den Dächern entlang, bis ich an den Girlanden angekommen war, die über dem Zimmer ihrer Eltern hingen. Ihren Raum konnte ich nicht einsehen, eine Wand aus Holz sperrte den Blick zur Straße hin aus. Ich könnte sie einreißen, das wäre kein

Problem, doch es war nicht nötig. Auch so konnte ich das Leid und die Wut und die Trauer spüren. Sie selbst konnten es nicht. Nicht mehr. Vielleicht sollte ich der Mutter einen Traum schicken, ein Schiffchen, das die Dinge in ihr Gedächtnis zurückholen würde. Es würde über den Ozean der Verdammnis schippern, geladen mit Gedanken, die diesen Ort niemals verlassen durften.

Das war nicht meine Aufgabe.

Was das Rätsel betraf, musste ich geduldig sein.

Die Nacht kam und ich ging.

***

Es regnete. Lange Fäden aus Wasser liefen den weißen Himmel hinab. Ich saß am Strand auf einem der Findlinge, den ich gleich am ersten Tag als Sitzplatz auserkoren hatte. Der Regen war gemütlich, vielleicht auch gnädig, wenn man an ein Zimmer aus Papier dachte. Ich überlegte. Mein Blick ging nach rechts. Dort unter dem unfertigen Steg fand sich ein ruhiges Plätzchen, das sie vor dem Wasser schützen würde. Sie würde bestimmt bald dort sitzen, ihre Aufgaben machen und dann, wenn sie es für einen guten Zeitpunkt halten würde, das Buch zur Hand nehmen, auf ihrem Schoss aufklappen und daraus vorlesen.

Daran dachte ich. Ebenso dachte ich an das Rätsel, während der Regen vom Himmel fiel.

Sie kam nicht.

Ich wartete. Weil ich es gut kann. Der Himmel verdunkelte sich, die Striche aus Regen wurden dicker. Wie Zeiger auf einem Uhrenblatt mahnten sie. Ich ließ mich nicht mahnen, doch es wurde Abend. Und sie kam nicht.

Als es sechs Uhr wurde, erhob ich mich. Es war an der Zeit, herauszufinden, ob ich sie finden konnte. Nicht, weil ich unruhig wurde, natürlich nicht – das war unmöglich – es war einfach an der Zeit.

Einen Menschen aufzuspüren ist mir immer gelungen. Es ist eine meine leichtesten Übungen. Doch bei ihr war ich mir unsicher. Sie war anders.

Das Aufspüren ist nicht schmerzhaft, zumindest nicht für mich. Hält man sich an die Regeln, kommt niemand zu Schaden. Es geht um das Tempo. Spürt man zu schnell, ist es, als würde man die Zeit überlisten. Und die Zeit ist auch nur eine Regel und keine Tatsache. So wie die Anziehungskraft der Erde. Sie sind Regeln in dieser Welt, und an diese muss ich mich halten, wenn ich auf ihr wandle.

Um die Dinge zu umgehen, die es braucht, um die Welt – und den Menschen darin - am Laufen zu halten, ist eine gewisse Tiefe nötig. Man muss in etwas hineindringen.

Ich sehe in die Menschen, ich sehe schwarze Schlitze aus Neid und rote Klumpen aus Gier. Es schnell zu tun, heißt, ein wenig am Uhrwerk der Regeln zu drehen. Es kommt vor, dass von dem Speer, den man sendet, auch andere Menschen getroffen werden. Nun, treffen ist ein unschönes Wort. Sagen wir, die menschlichen Innereien werden nur für eine geringe Zeitspanne von der Spitze des Speers gekitzelt. Manch einer steckt es gut weg. Ein anderer sieht merkwürdige Dinge oder hört Stimmen, die keine sind. Für den Rest seines Lebens. Das klingt dramatisch.

Aber nicht für mich. Es ist, wie es ist.

Ich lief durch die Stadt, suchte nach ihr. Ich besuchte die Schule und alles, was auf dem Weg von dort bis zu ihrem Zuhause lag. Nichts.

Der Stachel in mir meldete sich. Also streckte ich mich, um mich ein paar Zentimeter vom Boden zu erheben. Ich schwebte. Und dann schickte ich den Speer los.

Ich versuchte, die Geschwindigkeit zu drosseln. Es ist mein Speer, doch er hält nichts von Geduld. Wie auch, er ist aus dem Holz der Ungeduld geschnitzt. An der Spitze des Speers sitzen meine Augen, sie weiteten sich, als er eine unbekannte Richtung ansteuerte.

Kurz vor dem Aufprall rief ich ihn zurück. Ich wusste nun, wo sie war. Dort hätte ich sie nicht gefunden, nicht innerhalb eines Tages.

Es gab ein noch besseres Viertel als das, in dem die Schule stand. Selbst der Regen sah besser aus.

Die Straße, in der ich stand, lag etwa fünf Kilometer von der Schule entfernt. Ich betrachtete die Hecken, die aussahen, als wären sie nur scharfe Umrisse in einer gezeichneten Kulisse.

Als ich das Grundstück betrat, hörte ich das Winseln. Der Wüstenfuchs saß am Rand der Terrasse, die in den Garten führte und blickte mich vorwurfsvoll an.

Dachtest du, einen Drecksköter wie dich lassen sie in ein solches Haus?

Seine braunen Augen wurden größer und größer.

Vergiss es. Vergiss es einfach.

Er winselte.

Halt die Schnauze!, rief ich ihm in seiner Sprache zu, als ich an ihm vorbeiging. *Die holen den Hundefänger, so schnell kannst du nicht einmal eine Handvoll Luft schlucken.*

Er schluckte tatsächlich Luft, immer und immer wieder. Vermutlich tat er es, wenn er aufgeregt war, und ich stellte mir vor, wie sich die Luft in seinem Darm sammeln und ihn bald zum Platzen bringen würde.

Ruf mich, wenn es losgeht. Ich will unbedingt dabei sein. Auf keinen Fall will ich das verpassen!

Schließlich betrat ich die Stufen und ließ den Hund auf dem unnatürlichen Rasen hinter mir.

Innen war alles weiß. Sicher kein Marmor, aber doch ein hochwertiger Stein. Ich stand in einem Atrium und blickte nach oben. Sie hielt sich im zweiten Stock auf.

Als ich Stimmen hörte, trat ich zurück. Es konnte mich niemand sehen, doch ich wollte es nicht darauf ankommen lassen. Manche Menschen sind feinsinniger als andere und manche haben eine

Machete als Sinn. Sie kam die Treppe hinunter. Ihre Haare waren im Nacken zu einem Knoten gesteckt und sie hielt etwas in den Händen. Hinter ihr nahm ich eine mächtige Person wahr.

Draußen winselte der Wüstenfuchs.

Ich stieg die Treppe nach oben. Das Geländer war aus Nussbaum gefertigt, auf dem weißen Stein lagen Perser Teppiche. Rechts neben dem Aufgang lag ein Zimmer, das ihr gehörte. Das wusste ich, bevor ich die oberste Stufe betreten hatte. Ich spürte es, las die Zeit, die sie in diesen Wänden verbracht hatte.

Es war ein klassisches Mädchenzimmer und sehr nobel. Rosa und weiß. Ich trat an das Fenster mit einem dieser unsinnigen französischen Balkone, die man nicht betreten kann, und blickte hinunter. Der Regen hatte aufgehört und sie stand auf dem Rasen. Neben sich eine Frau, die wie ihre Mutter aussah. Nur dreißig Jahre älter. Und das, was in ihr tobte, hätte ich wohl von der anderen Seite der Erde noch gesehen. Es war eine Wut, die niemals enden würde – auch nicht nach ihrem Tod. Sie war weiß. Ein stechendes Weiß. Es ist die schlimmste von allen.

Ich drehte mich um und betrachtete das Himmelbett mit den monströsen Kissen mit Spitzenbezug. Mein Blick blieb an einem Spiegeltisch hängen und ich trat heran.

Es war ein Altar. Fotos von ihr in jedem erdenklichen Alter ihres jungen Lebens. Sie als Baby, sie mit Zahnlücke, sie als Schwimmerin. Ich betrachtete die Medaillen, die an dem Spiegel hingen, las die Inschriften. 50 Meter Freistil, 100 Meter Brust, 100 Meter Lagen. Gold, Silber und Bronze.

Das Foto von ihr im Badeanzug auf der Siegertreppe und einem Pokal in der Hand sah ich mir eingehend an. Sie strahlte. Ihr Gesicht sah unter einer roten Kappe merkwürdig gequetscht aus, doch sie sah glücklich aus.

Ich lehnte mich zurück und hielt inne. In der Tür stand ihre Großmutter.

Ihre Seele war kaum noch zu erkennen, sie war gefangen im weißen Licht, in dieser alles verzehrenden Wut. Die Gestalt konnte ich sehen, doch es war nur eine Hülle aus Knochen und Fleisch, zusammengehalten von poröser Haut, die bald auseinanderfallen würde. *Wozu also die Mühe?*, dachte ich. *Du stirbst, ihr sterbt alle, wozu also die Wut?*

Die Augen der Großmutter taxierten mich. Das Gesicht kannte ich nun in dreifacher Ausführung. Ihr Sinn war eine Machete und Wut hatte sie geschärft.

Sie trat einen Schritt auf mich zu und ich einen zurück. Der Stachel hatte mich menschlich gemacht und ich verfluchte ihn dafür. Noch nie war ich vor einem Menschen zurückgetreten. Ich hatte Angst. Ich fürchtete mich vor ihr. Jeder sollte sich vor Menschen mit Macheten in Acht nehmen, egal ob Mensch oder Tier oder ich.

Die Großmutter betrachtete mich, und mir war klar, dass sie gern ihre Hände um meine Kehle gelegt und zugedrückt hätte. Dass sie es nicht konnte, ließ ihre Wut wachsen und mich entspannen. Ich war zu meiner Arbeit zurückgekehrt und maß ihre Wut. Das Ergebnis faszinierte mich.

Sie zögerte. In diesem Moment war sie ein Mädchen, das die Steinstufen zum Wasser hinabstieg. Sie wollte und sie wollte es nicht. Ambivalenz.

Doch sie war kein Mädchen. Sie war eine Frau, die rational dachte und Dinge, so komplex sie auch waren, überschlug und in Fakten unterteilte. Aus etwas sehr Großem, das die Überschrift *Liebe* getragen hatte, war ein Krieg geworden. Das gibt es oft, so sind die Menschen. Doch nun ging es um etwas, das mich betraf. Die Beute, auf die diese Menschen aus waren, war das Mädchen.

Die Großmutter wusste es, sie wusste ebenfalls, dass sie und ich im selben Boot saßen. Doch sie ahnte gleichzeitig, dass ich Passagier und Fährmann zugleich war.

Ihre Augen verengten sich, dann drehte sie sich um und verließ das Zimmer. Ich wartete und sah aus dem Fenster. Unten stand das Mädchen noch immer und neben ihr der Hund. Ich konnte nicht erkennen, was sie in ihren Händen hielt, also beugte ich mich vor und durchdrang die Hausmauer. Sie war massiv und es war riskant, das zu tun, zumal es völlig unnötig war. Ich hätte ebenso gut abwarten können. Es reichte nicht aus, ich steckte in der Hauswand und musste einen Schritt tun. Erst dann konnte ich den Kopf strecken und über diesem unsinnigen französischem Balkon in den Garten schauen. Sie waren direkt unter mir, inmitten eines so unnatürlichen Grüns, dass es beinahe schmerzte, es anzusehen. Der Hund winselte und sie beruhigte ihn. Vermutlich hatte er noch nicht oft erlebt, dass Köpfe in Hausmauern erscheinen.

In ihren Händen hielt sie einen kleinen Topf, aus dem sich ein grüner Stängel erhob. Es war eine Pflanze.

Die Großmutter kehrte in das Zimmer zurück, genauso wie ich, und der Hund verstummte. Ich spürte, wie sie sich vom Haus entfernten.

Die Mutter ihrer Mutter hielt sich an einem Umschlag fest. Sie machte ein paar Schritte, die aus Zögern bestanden, und legte den Umschlag auf das Himmelbett. Ich nahm an, dass sie ihn nicht lange dort liegen lassen würde, also näherte ich mich ihr und dem Papier. Ich stand an der anderen Seite des Bettes und sah dabei zu, wie sie einen Bogen aus dem Kuvert zog. Die Kopfzeile bestand aus einer Aufzählung von Namen, gelistet unter dem Titel einer Anwaltskanzlei.

Ich muss nicht lesen; ich betrachte das, was Menschen schreiben, um es festzuhalten, und entnehme die Essenz daraus. In diesem Fall war es ganz einfach. Die Großmutter wollte das Mädchen haben und durfte es nicht. Wut und Ohnmacht, Trauer und Tränen entnahm ich dem Papier.

Ihr sterbt alle über kurz oder lang. Weswegen der Aufriss?

Die Menschen sind Krieger, ihr ganzes Leben lang, und ich habe ihre Kriege gesehen.

Die Großmutter packte die Gerichtspapiere zusammen, als schäme sie sich. Sie wurde wütend. Auch das kenne ich. Die Menschen geben etwas und ärgern sich dann. Doch sie können es nicht zurücknehmen, also zücken sie die Waffen. Diese Waffe hier hatte ich bereits gesehen. Ich richtete mich auf und ging an der Großmutter vorbei. Ihre weiße Aura streifte mich und hätte meine Existenz eine andere Beschaffenheit, hätte mich das Weiß aufgeschlitzt.

***

Der Hund drehte sich zu mir um, doch ich hatte es nicht eilig. Ich bereitete einen Traum vor.

An diesem Abend saßen wir lange am Wasser, der Mai pustete mit warmem Atem aus Knospenduft und Frische. Der Hund lag zu ihren Füßen, ich saß auf dem Findling.

Sam wollte aufbrechen, um den Würfel zu suchen. Vielleicht war es so, dass Crystal Deck nicht gut genug war, es zu retten. Doch wenn er es versuchte, würde sich diese Tatsache doch ändern, oder? Zudem ärgerte er sich über die zwei Gestalten, die ihn in der Häuserschlucht zum Narren gehalten hatten. Den Würfel musste es geben, schließlich gehörte ihm eine Geschichte. Sie waren nur zu faul zum Suchen. Sam hatte einige Zeit überlegt und das Summen wuchs und wuchs. Er beschloss, dass es niemals die richtige Zeit geben könnte, um aufzubrechen, und beschloss gleichsam, dass jetzt die Zeit gekommen war. Er erinnerte sich an seine Reise durch die Welt. Damals war er sehr traurig gewesen. Seit er wieder in Crystal Deck war, war alles trübe. Das würde er nun ändern.

Und er wurde traurig. Er konnte gar nichts Anderes mehr sein. Weil er so traurig war, ging er zu einem Arzt, der sagte: »Da kann man nichts machen, du musst tanzen.«

»So einfach ist das? Ich tanze?«

»Ja«, sagte der Arzt und nickte. »Tanzen.«

Also tanzte er und er tanzte immer wilder und drehte sich im Kreis und hörte gar nicht mehr auf. Wie ein Kreisel bewegte er sich durch Crystal Deck, durch das ganze Land, dann durch die ganze Welt. Immer, wenn er das Ende erreicht hatte, drehte sich der tanzende Kreisel. So kam es, dass er niemals vom Rand stürzte. Er maß die ganze Welt ab. Sie war eineinhalb Millionen Drehungen im Durchmesser.

Die Leute kamen zu ihm und wollten alles wissen. Wie groß ist die Welt? Und stimmt es, dass sie eine Scheibe ist? Stimmt es, dass sie flach ist? Fällt man vom Rand hinunter, wenn man nicht acht gibt?

Er beantwortete alle Fragen, so gut wie es ihm möglich war, doch manchmal fiel es ihm schwer, auf die Menschen zu hören, da er sich noch immer etwas drehte oder hin und her schwankte.

Ja, die Welt ist eine Scheibe. Flach ist sie nicht, *er sei über Berge und durch Täler getanzt.* Und ja, man fällt herunter.

Wie denn der Abgrund aussähe, wollten die Menschen wissen. Doch er konnte es nicht beantworten, da er sich immer vom Abgrund weggedreht hatte. So schnell, dass er nie hatte hinabblicken können.

»Hm«, machten die Menschen. Sam dachte, dass sie sich wohl mehr für den Abgrund interessierten als für Hügel und Täler und Wasser, das in der Sonne glitzerte.

Als er eines Tages den Arzt wiedertraf, fragte dieser ihn, was denn die Traurigkeit machte, und Sam überlegte. Da sagte der Arzt, wenn er erst darüber nachdenken müsste, würde wohl alles gut sein und er solle sich keine Sorgen mehr machen.

Die Menschen kamen und fragten ihre Fragen, doch Sam dachte darüber nach, ob er noch traurig war. Er hatte keine Zeit gehabt, an die Traurigkeit zu

Sie schloss das Buch und blickte aufs Wasser, der Hund stand auf
und betrachtete Crystal Deck. Er verstand wohl nicht, wie Worte
Welten zauberten, doch er wusste, dass es für sie etwas Gutes war. Es
gab für mich einiges zu denken. Da waren die Geschichte, das Rätsel
und der nächste Traum.

Wir folgten ihr, als sie nach Hause ging. Sie ging langsam, als müsste
sie etwas finden, was sie nicht suchte. Ich hielt angemessenen
Abstand, mir gefiel das Tempo, denn ich auf diese Weise konnte ich
Beobachtungen sammeln. Ich sammelte ein, was sie fallenließ, und
steckte die Fundstücke in die verschiedenen Ordner namens *Sie* und
Unmöglich. Der Wüstenfuchshund hielt sich an ihrer Seite, er blickte
immer wieder zu ihr hinauf und den Weg entlang, als müsse er sie
leiten.

In ihren Händen trug sie noch immer die Pflanze.

An der Straße, die zum Alten Hafen führte, zerrten die Menschen
Planen von den Häusern aus Papier und Holz. Es waren feste
schwarze und dünne durchsichtige. Auf ihrem Zimmer lag eine
durchsichtige und die Regentropfen klebten an ihr. Ihr Vater schüttelte sie aus und faltete sie. Sie lächelten sich zu. In seinem Inneren
konnte ich nichts sehen. Er war leer.

Die Menschen verstauten die Regenschutzplanen und sie huschte
zwischen ihnen hindurch.

Der Hund hatte sich vor ihr Zimmer gesetzt. Das war das erste Mal, dass ich dachte, er handelte vorausschauend. Dass er in der Lage war zu warten, überraschte mich.

Als er aufsprang und die Tütenohren spitzte und drehte, wusste ich, dass es etwas Neues gab. Wir folgten ihr.

Es wurde Abend, die Wolken rissen auseinander. Wir gingen in die Richtung des Alten Hafens, die Straße wurde schmal und es waren keine Häuser mehr zu sehen. Dort gab es nichts, an das sich die Würfel aus Papier hätten lehnen können. Es waren niedrige Buden, manche von ihnen so klein, dass man nur im Sitzen darin Platz fand. Die, die mit einer Plane geschützt waren, standen krumm und instabil, doch sie standen. Die anderen waren nur noch zusammengestürzte Haufen aus Pappe. Ich sah eine zerbeulte Tonne und daneben eine Waschtrommel. Aus beidem ragten ausgerissene Pappteile. Eine Feuerstelle.

»He!«, brüllte jemand aus einem der Pappwürfel und der Hund machte einen Satz. »Wohin geht es denn, Püppchen?«

Sie lief unbeeindruckt weiter, die Pflanze in der Hand. Ein Wind kam auf und wehte den Mief vom Becken herüber. Ich ging langsamer.

Ein Kopf kam aus dem Haus aus Papier hervor, er sah aus wie ein verdreckter und übelriechender Weihnachtsmann. Ich nehme keine Gerüche wahr, doch ich lese sie in den Menschen. In ihr las ich eine Hülle, die sie sich übergestülpt hatte. Ich hatte keinen Schimmer, wie lange sie dafür gebraucht hatte, sie zu errichten. Das war eine bewusste Hülle, keine, die das Unterbewusstsein aufstellt, und dieses arbeitet ziemlich schnell. Schnell und effizient. Bewusst Hüllen zu errichten, ist nicht einfach. Es frisst Kraft, Energie und Zeit. Ihre Energie konnte ich nicht leicht einschätzen.

»He!«, rief der stinkende Mann wieder und streckte seine Finger aus der Öffnung seines Hauses. Seine Nägel waren zu langen Krallen gewachsen, unter denen sich Krusten gebildet hatten. Sie ging ohne Regung weiter, doch der Hund winselte und knurrte. Schließlich bellte er. Ich blickte in ihn hinein und sah einen schwarzen Schmerz. Die Gerüche an diesem Ort waren zu viel für seine empfindlichen Sinne. Er würde die fünf Finger abbeißen, sollten sie sein Fell berühren. Das las ich ebenfalls in ihm, Schmerz und Beschützerinstinkt füllten ihn aus.

»Komm her, Pussi, Pussi«, sagte der Mann. Seine Stimme klang nun scharrend.

Sie hatte sich bereits entfernt, ohne sich nach dem Hund umzudrehen, und ich kann nicht sagen, was geschehen wäre, hätte sie es in diesem Moment getan. Die Hand mit den langen, gebogenen Nägeln war nur Millimeter von der Schnauze des Hundes entfernt.

Ich blieb stehen und wartete.

Der Hund war ein Jäger, die Hälfte seiner Gene machten ihn zu einem. Ob es das war, was der Mann spürte, als er seine Hand zurückzog, wusste ich nicht. In ihm las ich nur den Hunger. Was Hunger mit einem Menschen macht, habe ich bereits gesehen. Ich rede nicht von einem verhaltenen Magenknurren eines Managers während der Montagmorgen-Besprechung. Ich meine den Hunger, der Menschen dazu bringt, fette Köter am Spieß über ausrangierten Waschtrommeln zu drehen, in der aufgeweichte Pappe qualmt.

Der Hund wusste es, genau so wie er an jenem Tag am Strand gewusst hatte, dass ich ihn töten würde. Es war ihm egal, die Jagdgene in ihm waren stärker. Der Rest bestand aus seinem Beschützerinstinkt. Er tat alles für sie.

Sie kümmerte das nicht, zumindest sah es um die Hülle herum so aus. Ich hütete mich, dahinter zu blicken.

Der Hund verstummte, noch immer hatte er die Lefzen nach oben gezogen, doch er knurrte nicht mehr. Erst, als sich die Hand zurückzog und im Inneren des Kartons verschwand, schien das Mädchen ihm wieder einzufallen. Ich war erstaunt, wie schnell er war. Mit ein paar Sätzen entfernte er sich von mir und hatte sie eingeholt. Ich hatte es nicht eilig, ich blickte noch einmal zu dem Mann in seinem schmutzigen Verschlag und ging los.

Als auch die Häuser aus Pappe endeten, bogen wir ab. Hier gab es nichts außer brachliegendem Gebiet, das einmal zur Hafenindustrie gehört hatte. Die aufkommende Nacht färbte es dunkler und trostloser.

Sie schien schneller zu gehen, denn bald hatten wir die Rückseite des Gebäudes erreicht, von dem die Lampions baumelten wie Markisen. Ich blickte an der Hauswand empor in den Himmel. Die Wolken hatte sich verzogen, hier und da waren ein paar blasse Sterne zu sehen. Die Fassade sah nicht so schlimm aus wie die andere Seite, der Wind und Wasser zusetzten.

Ein rostiger Zaun, der ihr bis zur Hüfte reichte, hatte einst den Vorgarten abgegrenzt. Sie ging durch das Loch, das wohl ein kleines Tor ausgefüllt hatte und blieb stehen.

Der Hund und ich folgten ihr. Es war ein winziger Garten, doch es schien sich jemand um ihn zu kümmern. Die Weise, wie die Pflanzen angelegt waren, trug die Handschrift eines Kindes. Die Blumen standen noch nicht in Blüte, doch ich erkannte sie trotzdem.

Löwenzahn, Butterblumen, Maiglöckchen, Schafgarbe, wilder Salbei, Hexenbesen und Tulpen. Das Mädchen hatte ihr eigenes Quartier in Rechtecken angelegt und mit Steinen abgegrenzt. Ich konnte mir vorstellen, von wo sie diese geholt hatte.

Sie trat auf eines der schmalen Holzbretter, die zwischen den Beeten lagen und grub die kleine Pflanze zwischen den anderen ein. Sie hatte keine Schaufel oder anderes Gartenwerkzeug, ihr genügten die Hände. Als sie fertig war und sich aufrichtete, sah ich, wie die Pflanze neben ihr wuchs. Sie wurde immer größer, verwandelte sich zu einer Ranke, die sich in den Himmel streckte. Der Hund schnappte nach Luft und drehte sich zu mir um. Er hatte es auch gesehen.

Doch beim zweiten Blick war die grüne Ranke zu den Sternen verschwunden, übrig blieb das, was es die ganze Zeit gewesen war: eine Erdbeerpflanze.

Sie trat sie vorsichtig fest und ging. Der Hund folgte ihr, ich blieb noch einige Minuten. Ich betrachtete den kleinen Garten und die frisch gepflanzte Erdbeerpflanze. Ein Schild aus Papier verriet ihren Namen. *Paradies.*

An diesem Abend wartete ich zusammen mit dem Hund, bis sie eingeschlafen war, und ging danach ans Wasser.

Das Rätsel wuchs und mit ihm mein Stachel. Dass der Hund und ich dasselbe trügerische Bild gesehen hatten, verwunderte mich nicht nur, es versetzte mich in Panik. Diesen Begriff hatte ich von den Menschen gelernt, jedoch noch nie gebraucht, um mich oder mein Handeln zu beschreiben. Etwas war geschehen und dass ich nicht wusste, was es war, war das Schlimmste daran. Ich überlegte, an dem Traum zu arbeiten, verwarf es jedoch wieder. Dazu war keine Zeit mehr. Es war zu spät. Dass ich damit recht hatte, zeigte der nächste Morgen.

***

Sie war um die gleiche Zeit auf wie immer, obwohl es Wochenende war und sie nicht zur Schule gehen musste. Sie half ihren Eltern bei der Zubereitung des Frühstücks und Mittagessens und machte sich nach dem Essen in eine Richtung auf, die ich sofort erkannte.
Unter dem Arm trug sie Crystal Deck und in den Gesäßtaschen ihrer Jeans steckte etwas, das ich nicht erkennen konnte.

Es wurde warm. Als wir am Wasser angekommen waren, krempelte sie die Ärmel ihres Shirts hoch und steckte sie fest.

Die Promenade war voll, es wimmelte vor Menschen, die Eis aßen und am Wasser entlangspazierten. Der Steinstrand war weniger besucht und unter den Palisaden war niemand. Bis sie kam. Eine große Seele. Sie setzte sich, schlug das Buch auf und der Hund ich reckten die Köpfe.

Ich wusste, dass er winseln würde, noch bevor er es tat. Ihr Stirnrunzeln machte ihm Angst. Er sorgte sich um sie. Und ihr wisst, dass er nicht der Einzige war.

Doch der Wüstendackel-Hund zeigte Mut. Er zwang sich, nah an sie heranzutippeln und sie anzusehen.

»Seltsam«, sagte sie und blickte auf das aufgeschlagene Buch. Dann sah sie zum Hund und schüttelte den Kopf. »Weißt du, ich hatte diese Stelle schon aufgeschlagen, weil ich wissen wollte, was passiert mit Ally und Sam. Und ob sie sich treffen. Ich will so gern, dass sie sich …« Sie sah ihn stumm an und er wagte es nicht, Luft zu holen.

Sie drehte das Buch, um ihm zu zeigen, wovon sie redete. »Seite 43. Ich weiß es ganz sicher. Es stand nichts da von einem Sturm, ich weiß es ganz genau!« Ihre Stimme war eindringlich, der Hund zog den Schwanz und Kopf ein, weil er sie noch nie so reden gehört hatte.

Sie überlegte, schaute aufs Wasser und klappte das Buch zu. So saßen wir eine Weile: hinter uns die verhaltenen Stimmen der Menschen, vor uns die schweigenden Wellen. Sie sagten nichts mehr. Weil alles gesagt war. Ich sah die Hände der ertrinkenden Menschen, als würden sie winken. Es waren nur noch die Abbilder ihrer Körper, ihre winkenden Seelen. Der Tod hatte alles Fleischige bereits mit sich genommen.

Das Mädchen stand auf und der Hund sah mich an.

Der Sturm kommt eher als erwartet, sagte ich zu ihm.

Sie hob den Kopf und blickte in meine Richtung. Sie blickte mich nicht an, doch ich war mir nicht sicher, ob sie mich doch gehört hatte.

»Hm?«, machte sie und sah den Hund an. Er sprang auf und bellte einmal.

»Was meinst du damit?«, fragte sie.

Sie wartete. Es geschah nichts.

Crystal Deck schlug sie nicht wieder auf, stattdessen legte sie es auf einen Stein unter den Palisaden. Während sie lief, griff sie in die Tasche ihrer Jeans und zog drei Stifte hervor. Es waren keine gewöhnlichen Malstifte, und nachdem sie ihre Kappen abgezogen hatte, wusste ich auch, warum ich sie nicht gleich hatte benennen können. Es war Schminke.

Sie ging zum Wasser und hockte sich in die Wellen. Ihre Schuhe und Knöchel wurden nass. Es schien sie nicht zu stören. Ich dachte an die Schwimmmedaillen über dem Schrein in dem schreiend rosa Zimmer. Das Wasser bewegte sich kaum noch, es sah aus wie ein großer Spiegel. Sie blickte hinein und setzte den ersten Stift an ihre Stirn. Ich sah, wie die Spitze die zarte Haut durchbohrte. Das Blut tropfte hinab, aber vermischte sich nicht mit dem Wasser. Es lief lediglich über die glänzende Oberfläche wie ein Ölfilm. Dass der Hund ruhig blieb, zeigte mir, dass er es nicht sah. Er sah, wie sie sich bemalte. Ein geschlungenes Muster auf die Stirn, zwei Herzen rechts und links neben ihre Lippen. Schwarz, lila, grün. Das konnte sie gut, die Bildchen sahen aus wie Tattoos. Nachdem sie ihr Spiegelbild überprüft hatte, setzte sie sich in den Sand und wartete. Der Hund und ich taten es auch. Wir wussten beide nicht, warum, doch für mich war es ohnehin zu spät. Es gab nichts, was ich tun konnte. Die Ranke war in den Himmel gewachsen und die junge, blasse Haut zerstochen.

Ich wartete mit ihr. Mit ihm.

Als sich die Promenade füllte, stand sie auf. Wir begleiteten sie den Strand entlang, Musik empfing uns und je lauter sie wurde, umso mehr hatte ich das Gefühl, dass wir am Ziel angekommen waren.

Ein Konzert. Der Sandstrand war fein und sauber, ganz anders als bei den Steinen. Eine Bühne war aufgebaut, davor tummelten sich Menschen. Überall hingen bunte Lampions wie bei ihr zu Hause.

Dem Hund war es zu laut. Ich las erneut in ihm den Schmerz. Nicht so stark wie der Geruchsschmerz, doch ähnlich. Der Bass bebte über den Strand durch meine Eingeweide. Auch, wenn meine anders sind als die der Menschen, spürte ich ihn.

Sie blieb stehen und blickte den Wüstenfuchs an. »Du solltest nicht mit reinkommen.« Es war kein Befehl, doch er drehte ab und verschwand. Sie wartete, bis sie ihn oben auf den Dünen sehen konnte und lief los. Mit einem Mal bewegte sie sich schnell und ich wunderte mich, als sie einen jungen Mann ansprach. Ich sah ihn zögern, schließlich nickte er. Sie leckte sich über ihren Handrücken, dann presste sie ihn an seinen. Ich drängte mich vorsichtig an den Menschen vorbei, damit ich sie so wenig wie möglich berührte. Bis ich sie erreicht hatte, war sie schon weitergegangen. Sie hatte sich den Stempel für den Eintritt kopiert und kam damit durch den Einlass. Auf ihr jugendliches Alter schien niemand zu achten.

Ich hasste es. Es waren zu viele Menschen, die mich nicht interessierten. Das Konzert lief etwa eine halbe Stunde. Das was die Männer und Frauen auf der Bühne veranstalteten, konnte ich nur als Lärm bezeichnen. Von Kunst konnte man wohl nicht sprechen. Und die Menschen, die danach tanzten, verstand ich noch weniger. Ich habe es schon einige Male erlebt, doch ich verstand es nicht. Nicht, dass es meine Aufgabe wäre, doch ich fand auch keine Punkte, die ich abgleichen und eine gewisse Logik ableiten konnte. Überhaupt viele Bewegungen, die Menschen tun. Sie laufen, rennen, kriechen, springen, überschlagen sich.

Ihr werdet alle sterben. Ihr könnte euch so langsam oder so schnell bewegen, es spielt keine Rolle.

Das Tanzen der Menschen war eher ein Schaukeln wie das der Schiffe draußen auf den Wellen. Sie hatte die Augen geschlossen und wiegten sich.

Das Mädchen nicht, und ich konnte nicht anders, als es anzustarren. Sie stand nur in der Menge und tat gar nichts. Es war das erste Mal, dass ihre Hülle aufbrach und ich sie lesen konnte.

Noch bevor das Konzert vorbei war, verließ sie es. Ich hatte Mühe, ihr zu folgen. Ich war noch zu beschäftigt, das zu sortieren, was ich gesehen hatte. Als sie sich durch die Zuschauer schob, schloss sich die Hülle wieder um ihre große Seele.

Der Hund erhob sich langsam, als hätte er bereits gewusst, wann sie zurückkehren würde. Ich drehte mich zum Wasser. Eine grüne Ranke wuchs in den Himmel. Ich hatte es gewusst.

Sie ging nach Hause und zwar so langsam, dass der Hund auf sie warten musste. Sie war müde.

Ich bog ab, bevor wir den Strand verließen. Sie würde gleich zu Bett gehen, dessen war ich mir sicher, und die Träume wären pure Vergeudung.

Zögernd trat ich die Stufen hinab. Es war dunkel, die Wellen brachen und zeigten das Sternenlicht. Die Menschen glauben, es spiegelt sich im Wasser, doch das ist nicht wahr. Jeden Stern gibt es zweimal, einmal am Himmel und einmal im Meer.

Ich blickte hinaus, von weiten war die Musik zu hören. In meiner Erinnerung sah ich das Schiffchen, das sie gebastelt hatte. Ich sah, wie es Flügel bekam und sich aus den Wellen erhob. Ich blickte zu den Palisaden. Dort hatte sie das Buch liegenlassen. Crystal Deck. Ich trat näher und wartete. Es dauerte eine Weile, bis die Wellen wuchsen und mir den Wind brachten. Er kroch die glänzenden Steine hinauf und in das Buch hinein, bis sich der Deckel hob. Der Atem der Welt blätterte darin, bis ich ihm sagte, er solle weiterziehen.

Und welche Reise würde sich besser eignen, um den Würfel der Erkenntnis zu suchen als die zum Abgrund der Welt?

Dort waren wir stehengeblieben und sie hatte weitergeblättert, schon zweimal, weil sie wissen wollte, was mit Ally und Sam geschehen würde. Sie hatte beide Male etwas anderes gelesen, obwohl es sich um denselben Text handelte.

Ich las nichts. Das Buch war leer. Nach dem letzten Fragezeichen gab es nichts als weiße Seiten.

Als ich die Stufen hinaufging und überlegte, ob ich sie in der Nacht besuchen sollte, wurde der Himmel schwarz und die Sterne verschwanden. Die im Wasser auch, aber nur, weil es zu den Regeln gehört.

Eine Stunde lang stand ich vor dem Bett, das keines war. Ich betrachtete die schlafende Mutter und hielt mich fest. Ich musste mich selbst halten, um ihr keinen Traum zu schicken, in dem ein kleines Mädchen in einer Menschenmasse steht, um die Einsamkeit zu spüren.

Das Mädchen hatte es getestet, denn sie wusste, wo sie sie am besten finden konnte. Inmitten von Menschen. Ich weiß das, ich habe es gelernt, doch sie sollte es nicht kennen.

Es ist nicht meine Aufgabe zu urteilen und die Ranke wuchs in den schwarzen Himmel.

Ich schickte ihr keinen Traum, nicht ihr und auch nicht ihrer Mutter. Ich bat den Atem der Welt, dem kleinen Garten einen Besuch abzustatten und die Pflanze zu streicheln, die neu gesetzt worden war. Dann ging ich in das angrenzende Schlafzimmer. Ich beugte mich über den schmalen Körper unter der Decke und sagte: »Dein Paradies wächst.«

Ihre Lippen bewegten sich und ihre Lider taten es ebenfalls.

»… wächst«, murmelte sie. Ich richtete mich langsam auf. Ich ging.

∗∗∗

Am nächsten Morgen schlief sie lange. Der Hund ebenfalls, er hatte die Schnauze auf die Pfoten gelegt und atmete flach.

Erst am Nachmittag gingen wir ans Wasser. Die Menschen störten mich. Ich versuchte, sie nicht zu beachten. Es gab nichts für die Schule zu tun, also griff sie gleich nach dem Buch und begann zu lesen. Weil sie heute leise sprach, musste ich nähertreten als üblich. Der Hund nahm es hin.

Als Ally einhundert Tage lang gewandert war, trug sie kaum noch ein Kleid, sondern nur noch einen Fetzen Stoff. Er war nicht mehr dunkelblau, sondern sommerhimmelhellblau. Ally trat in den Wald, von dem sie wusste, dass in ihm die Kiste mit dem Herzen stand. Sie wusste es, weil sie es schlagen hörte. Sie hörte auch die Uhr. Es war ein lauter werdendes Ticken, das sie seit zwei Tagen begleitete. Erst jetzt fragte sie sich, was sie tun würde. Was würde sie dem Mann ohne Herzen sagen, wenn sie ihm die Truhe bringen würde?

Es wurde ein beschwerlicher Weg, da er länger war, als sie vermutet hatte. Je näher sie dem dunklen Wald zu kommen schien, desto weiter schien er sich zu entfernen. Erst, als die Nacht dunkler war als die Bäume, die sich vor ihren Augen erhoben, trat sie ein.

Sie hörte mit dem Lesen auf, *Crystal Deck* lag aufgeklappt auf ihrem Schoß. Ihre schmalen Schultern hoben sich, sie blickte auf. »Ach.«

Ich schüttelte mit dem Kopf. *Sag kein Ach. Ach ist der Name der Sehnsucht.*

»Wenn ich es aber sagen will?«

Sie blickte auf das Wasser. Vielleicht suchte sie nach der Sehnsucht. Ich weiß, wo sie liegt, doch ich darf es ihr nicht sagen. Sie muss sie selbst finden. Und das wird sie tun.

»Wir müssen gehen«, sagte sie und erhob sich schwungvoll. Der Wursthund stand kerzengrade auf seinen Beinen, als wäre er wie ein Klappmesser aufgesprungen. Zu dritt verließen wir den Strand, sie wie eine Kriegerin voran. Wenn sie in die Schlacht ziehen würde, würde der dicke Fuchs ihr erster General sein. Eine kleine Armee. Ich war nur da, um die Geschichte aufzuschreiben.

Ihr Haus wirkte in der untergehenden Sonne größer und schöner. Ihr Zimmer geräumiger. Sie schob sich das Kopfkissen zurecht und setzte sich auf das Bett.

Der Hundegeneral stand vor ihrer Zimmertür. Er starrte sie eine lange Zeit an, dann ließ er sich nieder. Mich konnte er nicht täuschen, ich wusste, dass seine geschlossenen Augenlider nur Tarnung waren. Sicher entspannte er sich, als ich ging.

Ich hätte damit rechnen müssen, dass sie das erwidert. Dennoch hatte ich nicht reagieren können, da ich es nicht glauben konnte. Sie konnte mich nicht hören. Das gab es einfach nicht.

Ich stand auf der Promenade, weil das unser Ort war und erstarrte. Sie hatte mir geantwortet.

Unsinn.

Dachte ich. Es wurde zu meinem Mantra. *Unsinn, Unsinn, Unsinn,* dachte ich, als ich nach Hause ging. Und: *Das hast du dir eingebildet. Natürlich hast du das. Unsinn Unsinn Unsinn.*

***

Der nächste Morgen weckte uns mit strahlendem Sonnenschein. Dass etwas anders war, wusste ich, als ich vor dem Kartonhaus stand. Der Wüstenfuchs wusste es auch, er lauerte mit seinen krummen Beinen in ihrem Zimmer und drehte sich nicht einmal zu mir um. Sie holte ihren Rucksack aus dem Regal und begann, ihn zu packen. Doch es waren keine Hefte und Bücher, mit denen sie den Sack füllte. Der Hund und ich blickten uns an. Obwohl der Gedanke zum Davonlaufen war, sah sein Gesicht aus wie meines. Wegen des Ausdruckes darin. *Was geht hier vor? Irgendetwas stimmt hier ganz und gar nicht, oder?*

Ich blickte ihr über die Schulter, als sie schrieb: »Liebe Mama, lieber Papa. Ich fahre ins Zeltlager, vor Beginn der Schule werde ich wieder da sein. In Liebe, Yara.«

Der Wüstenfuchs drehte mir den Kopf zu, doch ich blickte noch immer auf die Worte, als würden sie sich verwandeln und ein Geheimnis preisgeben. Doch das taten sie nicht.

Sie legte den Zettel in die Küche neben die Kaffeemaschine und ging los. Der erste General und ich folgten ihr.
Wir gingen in die entgegengesetzte Richtung als üblich, also nicht zum Wasser. Auch gingen wir nicht in das gute Viertel, um ihre Großmutter zu besuchen.

Es war ein milder Tag im Mai und als wir die Schrebergärten im Norden der Stadt durchquerten, wehte mir der Geruch von Waldmeister um die Nase. Wir verließen den Kiesweg und befanden uns auf einem befestigten Feldweg. Er führte in den Wald.

Ich dachte an das Rätsel und Träume. Nun kannte ich die Zusammenhänge, doch nicht die Lösung. Es war vorbei. Es gab nichts mehr, was ich tun konnte.

Dennoch lief ich weiter, immer hinter ihr und dem Hund hinterher. Statt mich umzudrehen und mich zu lösen, ging ich mit. Dafür hatte ich keine Erklärung. Die habe ich bis heute nicht.

Der Wald empfing uns still. Es schien, als würden die Bäume schweigen. Doch nur, bis sie den ersten Schritt vom Schotter in die Tannennadeln gemacht hatte. Irgendwo raschelte es. Ich bildete mir ein, drinnen im Wald ein Ticken zu hören.

Der Hund lief geduckt hinter ihr her und blickte ängstlich in alle Richtungen. Damit war er so beschäftigt, dass er nicht zum Luftschnappen oder Knurren kam.

Wir machten Rast. Ich hatte keinen Schimmer, wie spät es war. Hier drinnen gab es kein Hell und Dunkel, alles schien immer gleich zu sein, tiefhängende Nadeläste und hochschwebendes Laub. Wir waren lange gewandert und ich fragte mich, ob ich das Ziel ihrer Wanderung kannte. Sie hatte eins, der Hund und ich wussten das.

Je höher die Bäume wurden, umso dicken waren die Lianen, die sich um ihre Stämme wanden. Manche von ihnen hingen wie dicke Strähnen zu Boden und lagen dort wie ausgetrocknete Adern.

Der Wüstenfuchs betrachtete das Mädchen, als sie von einem Müsliriegel abbiss. Seine Ohren drehten sich, als versuchte er, ein Signal einzufangen. Mit einem Mal wusste ich, wie spät es war. Ich hatte die Schläge der Uhr gehört. Doch sie kamen nicht von draußen, sondern aus dem Herzen des Waldes.

Sie hatte es auch gehört. Eilig packte sie zusammen und lief los. Der Hund wusste, dass es nichts anderes gab, als ihr zu folgen. Also lief auch er los.

»Meinst du, sie finden sich?«, fragte sie. Es hörte sich so an, als würde ihr die Luft ausgehen.

Du bist zu schnell. Drossle das Tempo. Es macht keinen Unterschied, ob du läufst oder kriechst, du st…

Der Hund drehte den Kopf, seine schwarzen Augen waren eine Drohung.

»Und wenn sie sich finden, Ally und Sam, was meinst du, wird geschehen?«, japste sie.

Zu schnell war sie unterwegs, sie lief immer schneller, und der Stoff ihrer Sneakers riss auf. Vom Waldboden wirbelten Tannennadeln auf.

Es tickte. Ich blickte nach oben, von dort kam es. Auch sie hatte den Kopf in den Nacken gelegt, verringerte jedoch nicht das Tempo.

»Hört ihr sie? Die Uhr? Hört ihr auch das Herz schlagen?«

Mit einem Mal blieb sie stehen.

Nein, dachte ich.

Nein, bellte der Hund.

Die Nadeln schwebten um ihre Füße wie Staub. Sie wirbelten umher. Und sie hörten nicht damit auf. Mehr und mehr Nadeln gesellten sich in den Reigen, bis die Stelle, an der sie stand, kahl war. Nur ihre zerfetzten Sneakers auf der Erde. Sie blickte nach oben, dorthin, wo sein und mein Blick bereits gefangen waren.

»Der Sturm«, sagte sie tonlos.

Vor uns stieg der Wind in einer Spirale nach oben. Die Bäume neigten sich dieser zu, als würden sie sich verneigen und sich von ihm kitzeln lassen. Es wurde laut, das Rascheln der Blätter schwoll zu einem Tosen an.

Sie lief auf die Spirale zu.

Nein!

Der Hund machte einen Sprung und kauerte sich winselnd zu Boden. Er riss den Kopf herum und blickte mich an. *Tu doch was! Warum lässt du es zu?*

Ich starrte in den Tornado, der sich in den Waldboden bohrte und nicht sein konnte. Manchen Dingen war es egal, ob sie sein konnten oder nicht.

Ich sah, wie sie die Hand ausstreckte, ich sah die Hände aus dem Wasser kommen und winken, ich sah Hände, die Ally und Sam gehörten.

Ihre Finger hatten den äußeren Ring der Spirale erreicht.

Tu etwas!, bellte der Hund, bevor er auf mich lossprang. Ich sah sie an, bevor seine Rippe brach und die Milz aufschlitzte. Reiner schwarzer Schmerz war zu sehen, sonst nichts.

Sie hörte sein letztes Jaulen, drehte sich um und schrie: »Nein!« Die Trauer war dunkel, doch der Dunkelheit gehörte eine Farbe. Sie war grün. Sie hoffte. Ich sah es und packte es in den Ordner *Alles wird gut*. Die hoffende Trauer ummantelte für einen Augenblick alles andere und sie heilte. Das Blut des Köters floss auf kahlen Waldboden und etwas in ihr heilte.

»Warum hast du das getan?« Sie weinte und sie schluchzte und sie schrie. Ich hatte sie noch nie weinen gesehen. Auch ihre Tränen heilten sie.

Sie zog die Hand zurück, die Finger hatten keinen Kontakt mehr zu der äußeren Spirale. Als sie einen Schritt zurücktrat, las ich Wut. »Warum …« Der Wind verschluckte ihre Worte. Der Tornado holte aus, er berührte sie, es sah aus wie ein Flimmern. Ich sah ihre Hülle, die schon keine mehr war, ich sah ihre Seele und ich sah ihre Tränen. Ihre Füße berührten den Boden nicht mehr. Wie die Kiefernadeln gaben sie sich dem Wind hin, einer der Sneaker glitt vom Fuß. Dann war sie verschwunden. Der Sturm hatte sie geholt.

Rufe keinen Sturm.

Ich betrachtete den Wüstenfuchs, der nur noch ein Berg Fell war, aus dem Blut sickerte und gerann. Weiter vorn auf dem Weg lag ein kaputter Kinderturnschuh.

Rufe keinen Sturm. Das hatte ich von den Menschen früh gelernt, es war eine meiner ersten Lektionen gewesen. Heute wurde ich daran erinnert. Was seltsam war, da ich nicht vergesse. Der Stachel hatte mich vergessen lassen.

Doch niemand braucht noch Träume, wenn er den Sturm ruft.

Ich sah ein letztes Mal zum Schuh und Hund, dem das Blut aus der Nase lief, um die Fliegen kreisten. Ich erhob mich und verließ den Wald.

Es war das letzte Mal, dass ich sie gesehen habe.

***

An diesem Abend ist es warm. Der Wind, der über die Wellen streicht, ist lau, doch er reicht aus, um das Buch zu finden, das unter dem halb zerfallenen Steg liegt, der niemals fertig gebaut worden war. Das Buch namens Crystal Deck. Der Wind blättert in seinen Seiten. Auf Seite 28 steht etwas über einen Sturm, danach sind die Seiten leer. Ich betrachte sie, ich kann sie von hier oben aus sehen. Die Stufen muss ich nicht hinuntergehen, ich tue es dennoch, wenn auch langsam.

Die Menschen hier sind zu laut. Sie sind zu viele. Einen werde ich finden, so wie ich es immer tue. Ich muss nur warten.

Der Wind blättert um, Seite um Seite. Wenn ich eine Stirn hätte, würde ich sie runzeln.

Beinahe bis zum Ende blättert der Atem der Welt, eine blütenreine Seite nach der anderen schlägt er auf, dann ist es vorbei. Worte erscheinen.

Ich trete heran – nicht so nah, wie sie das getan hat, das kann ich nicht – doch nah genug, um zu sehen, was nicht möglich ist.

»Steh auf, Wasserratte!« Die Mutter schlug mit der flachen Hand an das Holz der Tür. »Ich mach dir einen Kaffee mit braunem Zucker und Milch, so wie du ihn magst.«

»Igitt«, kam es hinter der Tür hervor, die Mutter lachte und drehte sich um.

Sie saßen auf dem Balkon und frühstückten. Die Zweige der Erle bewegten sich leicht im Wind und streiften das Geländer.

»Alles Gute dir!«, rief jemand von der Straße hoch. »Schwimm wie der Teufel!«

»Na klar, wenn er sein Marlin-Kostüm trägt!«, rief sie zurück.

»Du musst etwas essen«, warf die Mutter ein. »Du musst Kraft haben. Gleich, wenn wir da sind, schwimmst du die 200 Meter.«

»Ich weiß, Mama.«

»Du schwimmst sie zum ersten Mal.«

»Ich weiß, Mama. Ich habe trainiert, erinnerst du dich?« Sie strahlte und hob das Glas an den Mund.

Die Mutter seufzte und erhob sie sich. »Fahren wir los.«

Es war morgens halb sieben, als das Stadthaus mit der Erle davor im Heckfenster des Autos verschwand.

Der Wind blättert weiter.

»Du hast deine Tasche gepackt? Mit genug Anzügen und Brillen zum Wechseln?«

Von hinten kam ein Stöhnen. »Natürlich.«

»Du weißt, was du zu tun hast, wenn wir da sind? Es kann nämlich sein,

dass du alleine los musst. Ich muss einen Parkplatz suchen, das ist nicht so einfach ...«

»Ich weiß es, Mama. Das ist ja nicht das erste Mal. Du kannst dich entspannen.«

Die Mutter holte tief Luft und schwieg.

Auf der Rücksitzbank wurde lautlos ein Rucksack geöffnet. Kleine Hände tasteten nach einer Kappe und zogen eine nach der anderen hervor, bis die richtige gefunden war. Sie betrachtete das knallige Rot mit leuchtenden Augen, als der Wagen bremste und stoppte.

Sie hob den Kopf. »Was ist?«

»Nichts«, sagte die Mutter. Ihre Hände hielten das Steuer umklammert, weiß stach die Haut um die Knöchel hervor.

»Warum fahren wir dann nicht weiter?«

»Wir fahren nicht weiter.«

»Was ...« Sie starrte auf die Straße. »Wir kommen zu spät! Heute will ich mich qualifizieren! Wir kommen zu spät!«

»Wir werden nicht fahren«, sagte die Mutter laut und bestimmt. »Jetzt nicht und nie wieder. Du wirst damit aufhören. Mit dem Wasser und den Wettbewerben.«

»Aber ...« Noch nie hatte sie die Mutter so reden gehört, sie hatte nicht einmal gewusst, dass sie eine solche Stimme hatte. »Warum?«

»Weil ...« Der Rest des Satzes ging verloren, als die Mutter den Kopf senkte und in ihren Schoß sprach.

Eine Stunde später wurden sie abgeholt. Das Mädchen hatte das Auto nicht verlassen dürfen und als ihr Vater kam, hielt sie noch immer die rote Badekappe in den Händen.

Der Wind sammelt sich über den Wellen, als wolle er die Sterne einsammeln. Er macht sich erneut auf, um das Buch zu streicheln. Einige Seiten blättert die Welt weiter.

»Das kann doch unmöglich dein Ernst sein!«

»Ist es. Und jetzt lass mich vorbei.« Der Vater schob sich an der Frau vorbei, die seiner Ehefrau so ähnlich sah.

»Ist dir nicht klar, dass sie krank ist?«, fragte die Großmutter.

»Sie ist nicht krank!« Er hielt inne und blickte sie an, wütend und verzweifelt und ... noch nicht leer. Aber es begann. »Sie ist ...« Er überlegte und blickte zum Auto. Darin saß seine Tochter und betrachtete etwas leuchtend Rotes, das sie in Händen hielt.

»Sie sagt, sie schafft es nicht«, fuhr er fort. »Vielleicht hatte sie einen Nervenzusammenbruch, ich weiß nicht. Vielleicht ist sie auch krank, ja. Doch dann sollte ich ihr zur Seite stehen.«

Die Großmutter schüttelte den Kopf. Sie glaubte nicht, was sie hörte, sie verstand es nicht. Ihre Verzweiflung öffnete die Tore für eine weiße Wut. »Sie schafft es nicht? Was meinst du damit?«

»Du weißt es doch selbst«, antwortete er. »Du hast es gehört, mit ihr geredet.«

»Das habe ich, doch ich weiß gar nichts. Es ist, als würde ich sie nicht einmal kennen. Als wüsste ich nicht, wer sie ist.« Ihre Stimme brach. Er richtete sich auf und betrachtete sie. In diesem Moment hätte etwas geschehen können. Es gab ein Band zwischen diesen beiden Menschen, es entstand. Sie hätten es sehen und sich daran festhalten können. Doch sie sahen es nicht, weil das, was sie beide miteinander ausmachte, stärker war.

So sind die Menschen.

Sie wollten es nicht sehen und unten am Wasser wuchs eine grüne Ranke in den Himmel.

Das Mädchen im Auto kniff die Augen zusammen und lehnte die Stirn an die Scheibe. Sie hatte sie doch gesehen, diese Ranke. Wo führte sie hin?

»Ich kann es dir nicht sagen«, versuchte der Mann es noch einmal. Er spürte eine Verbindung zwischen ihnen. »Die Verantwortung. Die Sorge. Sie sagt, sie stirbt daran. Sie hat Angst.«

»Das ist doch ...« Die Großmutter schüttelte unwirsch den Kopf.

»Kannst du dich erinnern, wie sie beinahe ertrunken ist?« Mit dem Kopf deutete er zum Auto.

Sie schwieg.

»Wir haben nie darüber geredet, sie nur zu diesem Kurs angemeldet.«

»Ja«, stimmte die Großmutter zu. »Und damit ist alles gut geworden.«

»Nicht für sie«, entgegnete der Mann und dachte an seine Ehefrau. »Für sie war damals schon alles kaputt.«

»Ich verstehe das nicht«, sagte die Großmutter leise. Ein weiterer Moment, in dem das Band zwischen ihnen wachsen könnte.

»Ich verstehe es ebenfalls nicht. Aber ich werde ihr beistehen.«

»In ihrer Verrücktheit?«, rief die Mutter seiner Ehefrau. Das Band riss. »Sie hat das Haus verkauft und das Auto. Wo wollt ihr denn leben? Wer soll denn das Schulgeld bezahlen, wenn ihr nicht arbeitet? Warum habt ihr überhaupt eure Jobs ...« Sie endete abrupt. Ihre Enkelin saß in dem Auto, sie sollte sie nicht hören.

Die Großmutter schluckte. Dann sah sie den Mann an. »Ich werde das nicht zulassen. Ich werde um sie kämpfen. Wenn es sein muss, werde ich euch das Erziehungsrecht nehmen lassen.«

»Tu es, wenn du denkst, dass du deiner Tochter damit hilfst.«

Die Verzweiflung wich, um dem Schmerz Einlass zu gewähren. Er kam und hielt die weiße Wut an der Hand.

»Tu es«, wiederholte der Mann, der leerer und leerer wurde. »Wenn du Yara nie mehr wiedersehen willst, tu es.«

Er ging zum Auto und öffnete die Tür. Das Mädchen blickte zu ihm hoch. Er nahm ihr die rote Kappe aus den Händen. »Gib sie mir. Du wirst sie nicht mehr brauchen.«

Der Wind frischt auf, er löst sich von den Wellen, die brechen und wie weiße Bergkämme aussehen. Ein letztes Mal blättert er in dem Buch, das geschützt unter dem unfertigen Steg liegt. Seine Seiten sind voll. Sie erzählen von Crystal Deck, von Ally und Sam und einer Reise.

Das Buch liegt dort und wartet auf den, der es finden wird.

Julia von Rein-Hrubesch
Das Flüstern der Pappeln

Als Hennie nach dem Studium und einigen Jahren im Ausland an den elterlichen Hof zurückkehrt, fühlt sie sich verloren. Sie weiß nicht, was sie mit sich und ihrem Leben anfangen soll. Bevor sie sich wirklich fragen kann, wonach sie auf der Suche ist, fallen ihr die Briefe in die Hände. Briefe, die ihre Großmutter geschrieben hatte, die nun zurückkommen, einer nach dem anderen, Woche um Woche. Hennie findet heraus, dass die Schriftstücke für einen Mann bestimmt waren. Und dieser Mann war nicht ihr Großvater … Während die junge Frau glaubt, mehr und mehr einem Geheimnis auf der Spur zu sein, macht sie sich auf die Suche nach Antworten. Immer mehr taucht sie in die Vergangenheit ein; und während die ihre Türen für Hennie öffnet, muss sie sich fragen, ob diese sie auch in die Zukunft führen werden.

Magret Kindermann
Tulpologie

Marlenes Lüge beginnt beim Blumenhändler. Jetzt denkt jeder, ihr Mann sei verstorben, dabei ist er nur auf einer Reise. Marlene beginnt ihr Leben als vermeintliche Witwe und findet Gefallen daran. Eine Geschichte über den Wahnsinn, das Wollen und die Liebe.

Nika Sachs
Am Horizont Schwarz

Dies ist eine fiktive Erzählung aus dem Leben von Inga, die kurz vor ihrem fünfzehnten Geburtstag plötzlich in einer Beziehung mit ihrem besten Freund Lukas landet. Sie erzählt von den Veränderungen in ihrem Leben, dem Erwachsenwerden und der Hoffnung, dass Lukas ihr seine Geheimnisse anvertraut. Am Horizont Schwarz ist die Vorgeschichte zu den Tagebüchern, die Lukas als Erwachsener schreibt. Von ihnen ist der erste von zwei Bänden im September 2017 unter dem Titel Schneepoet bei Twentysix erschienen.

Wiebke Tillenburg
Eselmädchen

In einer Welt, in der den Menschen die Fähigkeit geraubt wurde, ihre Wut zu beherrschen, erhält ein Junge die Chance, sie vor ihrem Untergang zu bewahren. Doch der Zeitpunkt ist ungünstig. Denn inzwischen hat er selbst alles verloren, was ihm einst Halt und Hoffnung bot. Ein philosophisches Fantasymärchen, jenseits aller Hoffnung für die Menschheit.